高等学校数字媒体专业规划教材

视频合成及特效
制作教程

彭国斌 编著

清华大学出版社

北京

内 容 介 绍

　　本书根据教学课时安排和该专业软件所覆盖的知识体系较全面的讲述了该软件的教学内容,主要包括:软件的认识了解、软件的必备的基础知识、软件的界面的介绍和管理、软件的重点知识点实例教学、软件的后期输出、与其它软件的结合使用等。该书全面而不失重点地将知识点通过实例教学让学习者能轻松掌握该领域的知识,简单实用,达到快速理解和应用的能力。

图书在版编目(CIP)数据

　视频合成及特效制作教程/彭国斌编著. —北京:清华大学出版社,2012.4
(高等学校数字媒体专业规划教材)
ISBN 978-7-302-28190-0

　Ⅰ. ①视…　Ⅱ. ①彭…　Ⅲ. ①视频制作－高等学校－教材　Ⅳ. ①TN948.4

　中国版本图书馆 CIP 数据核字(2012)第 035144 号

责任编辑:龙啟铭　柴文强
封面设计:傅瑞学
责任校对:胡伟民
责任印制:何　芊

出版发行:清华大学出版社
　　　网　　　址:http://www.tup.com.cn,http://www.wqbook.com
　　　地　　　址:北京清华大学学研大厦 A 座　　　　　邮　　　编:100084
　　　社　总　机:010-62770175　　　　　　　　　　　邮　　　购:010-62786544
　　　投稿与读者服务:010-62776969,c-service@tup.tsinghua.edu.cn
　　　质量反馈:010-62772015,zhiliang@tup.tsinghua.edu.cn
印　刷　者:三河市君旺印装厂
装　订　者:三河市新茂装订有限公司
经　　　销:全国新华书店
开　　　本:185mm×260mm　　　　印　张:16　　　　字　　　数:400 千字
版　　　次:2012 年 4 月第 1 版　　　　　　　　　　　印　　　次:2012 年 4 月第 1 次印刷
印　　　数:1~3000
定　　　价:29.00 元

产品编号:044718-01

前言

随着近年来我国文化产业的发展,影视与动漫已成为文化产业发展的重要内容之一,行业对专业人才的需求也越来越多。全国越来越多的高校开设了动画、影视、游戏等专业,影视合成和特效的设计制作成为这些专业的必修课程之一。如何适应该类课程的教学需要,以及使一些自学人士快速掌握这方面的应用软件,笔者结合多年来的教学经验,依据教学的特点编写了这本书。下面就本书的特点作一简单介绍。

教学软件

本书精选 Adobe 软件公司的知名产品 After Effects CS4,它是时下影视合成与特效制作领域中应用面最广的软件之一,该软件具有很好的兼容性和开放性。本书较系统的、有重点的根据教学需要来进行讲解,便于读者快速入门。

版本介绍

本书采用的是 After Effects CS4 中文版,主要考虑中文版软件发展比较成熟,便于普通读者学习和掌握。

读者定位

本书面向初、中级用户,适合于高校本科生及研究生使用。本书所讲授知识以及对应软件的讲解都从必备的基础知识和基本操作出发,无论读者以前是否使用过本书所讲述的软件,都可以通过学习本书达到快速、轻松掌握相关知识,轻松学习影视特效制作的目的。而老用户亦可从中快速了解新版本的特色和功能。

内容设计

本书的内容是针对初学者使用软件的难点,和居于目前计算机图书市场现状确定的,既有基础知识的系统讲解,又通过实例来重点介绍常用功能模块,而不同于一般书籍的"全盘接收"的复杂而冗长,本书注重知识性和引导性,目的就是让读者快速掌握,轻松入门。简而言之,本书的特点就是实用、明确和透彻,它既不是面面俱到的"用户手册",也并非详解原理的"功能指南",而是独具实效的操作和知识指导。围绕实际使用需要选择

内容,使读者在每个复杂的软件体系面前能"避虚就实",直达目标。对于每个功能的讲解,则力求以明确的步骤指导和丰富的应用实例准确地指明如何去做,读者只要按照书中的指示和方法去做、做会、做熟,再举一反三,就能扎扎实实地轻松过关,快速掌握。

本书由桂林电子科技大学艺术与设计学院的彭国斌编著。在本书的编写过程中,参考了国内外同类书籍和相关教学网站,在此,对原作者表示诚挚的感谢!在本书的编写过程中,韦松林为本书出版做了大量工作,包括资料的收集整理,对全书和书本案例进行认真验证和校对,在此一并表示感谢。由于时间仓促和本人水平有限,难免有疏漏之处,敬请各位专家和读者朋友们批评指正,并给予赐教,我的电子邮箱是:pengguobin@guet.edu.cn。

彭国斌

于桂林电子科技大学

2012 年 3 月

目录

第 1 章　概论 ··· 1

1.1　影视合成的概念 ··· 1
1.2　Adobe 公司简介 ··· 1
1.3　After Effects 简介 ··· 2
　　1.3.1　版本简介 ··· 2
　　1.3.2　界面简介 ··· 3
　　1.3.3　功能简介 ··· 4
　　1.3.4　运行环境 ··· 5
　　1.3.5　最新版本 ··· 6
1.4　After Effects CS4 的安装 ······································· 7
本章小结 ··· 10

第 2 章　视频技术基础知识 ··· 11

2.1　宽高比 ·· 11
2.2　彩色信息的表述 ··· 11
2.3　电视制式 ··· 12
　　2.3.1　彩色电视机的制式种类及特点 ························· 12
　　2.3.2　彩色电视机制式的现状 ································· 13
　　2.3.3　NTSC、PAL、SECAM 三种彩色电视制式的优缺点 ······· 13
2.4　场的顺序 ··· 14
　　2.4.1　帧率与场频的来历 ····································· 14
　　2.4.2　低分辨率下的场序 ····································· 14
　　2.4.3　制作 DVD 时的场序 ····································· 14
　　2.4.4　不同场序的素材混编时的设置 ························· 15
　　2.4.5　基于帧 ··· 16

目录

2.5　SMPTE 时间码 ·································· 17

2.6　几种常见的视频格式 ···························· 17

本章小结 ·· 20

第 3 章　After Effects 基础入门 ······················ 21

3.1　项目窗口 ······························· 21

　　3.1.1　初识项目窗口 ························ 22

　　3.1.2　项目设置 ·························· 29

　　3.1.3　偏好设置 ·························· 30

　　3.1.4　在项目中导入素材 ······················ 35

　　3.1.5　在项目窗口中管理素材 ···················· 37

3.2　合成图像窗口 ····························· 44

　　3.2.1　认识合成图像窗口 ····················· 44

　　3.2.2　建立合成图像 ························ 56

　　3.2.3　在合成图像窗口中加入素材 ················· 60

3.3　时间线窗口 ····························· 60

　　3.3.1　时间线区域 ························ 60

　　3.3.2　层工作区域 ························ 62

　　3.3.3　其他控制面板区域 ····················· 64

3.4　状态栏面板 ····························· 70

3.5　图层 ································ 72

　　3.5.1　层的概念 ························· 72

　　3.5.2　层的产生 ························· 76

　　3.5.3　层的管理 ························· 78

　　3.5.4　改变层顺序 ························ 80

本章小结 ·· 82

目录

第 4 章　层属性动画及关键帧动画制作 ·················· 83

4.1　层属性动画 ······································ 83
　　4.1.1　认识关键帧 ·························· 83
　　4.1.2　轴心点设置 ·························· 84
　　4.1.3　位置设置 ···························· 85
　　4.1.4　比例设置 ···························· 86
　　4.1.5　旋转设置 ···························· 88
　　4.1.6　透明度设置 ·························· 90
4.2　层属性动画综合实例 ·························· 92
　　4.2.1　层属性动画实例 ···················· 92
　　4.2.2　关键帧动画实例 ···················· 93
本章小结 ·· 100

第 5 章　遮罩 ······································ 101

5.1　遮罩的概念及创建 ···························· 101
　　5.1.1　认识遮罩 ···························· 101
　　5.1.2　创建遮罩 ···························· 101
　　5.1.3　编辑遮罩 ···························· 103
5.2　遮罩应用实例 ································ 113
　　5.2.1　遮罩制作实例 ······················ 113
　　5.2.2　遮罩动画制作实例 ·················· 118
本章小结 ·· 122

目录

第 6 章　抠像技术 ·· 123

6.1　抠像的概念 ·· 123
6.2　颜色键操作实例 ·· 123
　　6.2.1　颜色键抠像操作实例 ····························· 123
6.3　蓝屏抠像 ·· 129
　　6.3.1　蓝屏抠像的概念 ································· 129
　　6.3.2　蓝屏抠像原则 ··································· 130
　　6.3.3　蓝屏抠像操作实例 ······························· 130
　　6.3.4　溢出抑制 ······································· 132
本章小结 ·· 133

第 7 章　色彩校正 ·· 134

7.1　色彩校正功能介绍 ······································ 134
7.2　曲线校色 ·· 141
　　7.2.1　曲线 ··· 141
　　7.2.2　曲线校色实例 ··································· 142
7.3　使用色阶的一级校色 ···································· 144
　　7.3.1　色阶 ··· 144
　　7.3.2　色阶应用实例 ··································· 145
7.4　使用插件的二级校色 ···································· 148
　　7.4.1　Color Finesse 2 的安装及使用 ·················· 148
　　7.4.2　SA Color Finesse 3 简介 ····················· 150
　　7.4.3　Magic Bullet Mojo 的安装及使用 ··············· 152
　　7.4.4　其他调色技法 ··································· 159
本章小结 ·· 160

目录

第 8 章　动画控制 …………………………………………… 161

8.1　追踪的介绍 …………………………………………… 161
　　8.1.1　运动追踪的概念 ……………………………… 161
　　8.1.2　运动追踪介绍 ………………………………… 161
　　8.1.3　追踪搜索的特征定位 ………………………… 161
8.2　运动追踪操作实例 …………………………………… 162
8.3　关键帧插值及速度控制 ……………………………… 169
　　8.3.1　改变插值 ……………………………………… 169
　　8.3.2　插值种类 ……………………………………… 169
　　8.3.3　速度控制 ……………………………………… 172
8.4　时间控制 ……………………………………………… 174
　　8.4.1　启用时间重置 ………………………………… 174
　　8.4.2　时间反方向 …………………………………… 175
　　8.4.3　时间伸缩 ……………………………………… 175
　　8.4.4　冻结帧 ………………………………………… 176
本章小结 …………………………………………………… 176

第 9 章　三维合成 …………………………………………… 177

9.1　三维空间 ……………………………………………… 177
　　9.1.1　初识三维空间 ………………………………… 177
　　9.1.2　三维图层操作 ………………………………… 178
　　9.1.3　二维与三维图层的合成设置 ………………… 179
9.2　灯光的应用 …………………………………………… 179
　　9.2.1　灯光简介 ……………………………………… 179
　　9.2.2　灯光操作实例 ………………………………… 182

目录

9.3 摄像机应用 ……………………………………… 184
   9.3.1 摄像机简介 ………………………………… 184
   9.3.2 摄像机的参数 ……………………………… 185
   9.3.3 摄像机操作实例 …………………………… 187
本章小结 ……………………………………………… 193

第 10 章 插件应用 …………………………………… 194

10.1 插件的安装与注册 ………………………………… 194
   10.1.1 插件安装 ………………………………… 194
   10.1.2 插件注册 ………………………………… 194
   10.1.3 插件 Trapcode 的安装 …………………… 194
   10.1.4 插件 Trapcode 简介 ……………………… 196
10.2 综合应用实例 ……………………………………… 197
   10.2.1 宣传片片头制作 …………………………… 197
   10.2.2 彩霞动画制作 ……………………………… 197
   10.2.3 彩绸动画制作 ……………………………… 199
   10.2.4 城雕设计制作 ……………………………… 202
   10.2.5 主题文字特效制作 ………………………… 204
   10.2.6 文字变形动画制作 ………………………… 209
本章小结 ……………………………………………… 211

第 11 章 与其他软件的结合使用 …………………… 212

11.1 与 Adobe Photoshop 的结合使用 ………………… 212
11.2 与 Premiere 的结合使用 ………………………… 216
11.3 与 Sony Vegas 的结合使用 ……………………… 221
   11.3.1 Sony Vegas 简介 ………………………… 221

目录

　　　11.3.2　After Effects 与 Sony Vegas 结合使用的应用实例 ············ 221

11.4　与主流三维软件的结合使用 ················· 228

　　11.4.1　Maya 简介 ········· 228

　　11.4.2　After Effects 与 Maya 结合使用的应用实例 ·············· 229

本章小结 ························ 232

第 12 章　渲染与输出 ············· 233

12.1　渲染输出设置 ············· 233

　　12.1.1　渲染技巧 ········· 233

　　12.1.2　编码解码器 ······ 238

　　12.1.3　渲染操作实例 ····· 239

12.2　视音频导入、输出中的常见问题及解决方法 ······ 242

　　12.2.1　常见声音输出问题及解决方法 ············· 242

　　12.2.2　常见视频导入问题及解决方法 ············· 242

　　12.2.3　常见视频输出问题及解决方法 ············· 242

本章小结 ························ 243

参考文献 ······················ 244

第 1 章　概论

本章简要介绍了影视合成的概念和 Adobe 公司的发展简史以及本书所要学习的 Adobe After Effects CS4 软件的安装的使用方法。

1.1　影视合成的概念

影视合成就是在影视制作过程中将制作的虚拟场景、角色、特效与实拍的场景、物品或者角色等素材根据创作者的意图有目的地设计组合在一起。目前影视合成技术广泛应用于影视片头设计、影视广告设计、影视特效制作以及各类动画、视频设计、合成制作等方面。该技术是从事影视、动画制作的人员必备的技术知识和重要的技术手段。

1.2　Adobe 公司简介

Adobe Systems Inc.（奥多比公司）始创于 1982 年，目前是影视广告、印刷、出版和 Web 领域首屈一指的图形设计、出版和影视成像软件设计公司，同时也是世界上第二大桌面软件公司。公司为图形设计人员、专业出版人员、文档处理机构和 Web 设计及影视制作人员，以及商业用户和消费者提供了首屈一指的软件产品。使用 Adobe 的软件，用户可以设计、出版和制作具有精彩视觉效果的图像文件。

Adobe 与 Aldus、Apple 组成的 3A 组合于 1982 年发起了桌面出版领域的革命，开发出桌面印前出版系统，彻底改变了印刷领域的传统模式。此后，Adobe 公司便一直致力于改进企业间和个人之间交流的方式，Adobe 公司通过提供功能强大、易于使用的各种解决方案，不断地在图形和出版领域设立新的行业标准，又将其不断扩展到影视制作、电子文档和 Web 发行等领域。Adobe 公司开发的产品包括 Adobe Photoshop、Adobe Illustrator、Adobe PageMaker 和 Adobe Acrobat、Adobe FrameMaker、Adobe Fireworks、Adobe Dreamweaver、Adobe Flash 等软件，今天在报纸、杂志、书籍和 Web 上所看到的大多数图像包括影视作品都是用一个或多个 Adobe 公司的产品来设计和制作的。

在影视制作领域 Adobe 公司同样成就巨大，为在影视动画制作开发了大量优秀的配套软件，其兼容性、操作性、功能性都非常卓越，得到广大用户的喜爱和认可，下面对这些软件作一简单介绍：

Adobe Photoshop 是 Adobe 公司旗下最为出名的图像处理软件之一。它不仅是一个很好的图像编辑软件,实际上 Photoshop 的应用领域很广泛,在图像、图形、文字、视频、出版各方面都得到了广泛应用。

Adobe Audition 是一个专业音频编辑软件,原名为 Cool Edit Pro,后被 Adobe 公司收购,可提供先进的音频混合、编辑、控制和效果处理功能。

Adobe Premiere 是 Adobe 公司开发的一种基于非线性编辑设备的视音频编辑软件,可以在各种平台下和硬件配合使用,被广泛地应用于电视台、广告制作、电影剪辑等领域,成为 PC 和 MAC 平台上应用最为广泛的视频编辑软件。它是一款相当专业的 Desktop Video 编辑软件,专业人员结合专业的系统可以制作出广播级的视频作品。在普通的微机上,配以比较廉价的压缩卡或输出卡也可制作出专业级的视频作品。Adobe 公司还有矢量动画制作软件 Adobe Flash,它专门用于二维动画制作。Adobe OnLocation 是用于录制 DV 视频的工具。Adobe Encore 是用于 DVD 制作的工具。

Adobe Soundbooth 音频大师基于任务,具有控制电影、视频项目中的音频,以清理录制内容、润饰旁白、自定义音乐和声音效果等功能,它具有直观的界面,可以快速地完成工作。

Adobe Captivate 是一款屏幕录制软件,使用方法非常简单,任何不具有编程知识或多媒体技能的人都能够快速创建功能强大的软件演示和培训内容,它可以自动生成 Flash 格式的交互式内容而不需要用户学习 Flash 软件。

Adobe 公司始终追求定义数码信息交流的新模式,这种精神源自其创始人兼董事会联合主席 Chuck Geschke 和 John Warnock,他们无时无刻不在为企业、软件行业和社区的利益而努力。根植于这种开拓性的努力,Adobe 技术平台在所有需要稳定可靠信息交流的客户,无论是普通用户、创意人士,还是企业都已广为应用,深受业界人士喜爱。

1.3 After Effects 简介

After Effects 是 Adobe 公司推出的一款图形视频特效制作及后期合成处理软件,适用于从事设计和视频特技制作的机构,包括电视台、动画制作公司、个人后期制作工作室以及多媒体工作室。而在新兴的用户群,如网页设计师和图形设计师中,也开始有越来越多的人在使用 After Effects 软件。

1.3.1 版本简介

After Effects 并不是一个非线性编辑软件,它主要是用于影视特效及后期合成制作。Adobe 公司在 1992 年推出 After Effects 2.0 版本;随着时间的推移,Adobe 分别在 1997 年发行 After Effects 3.1 版本,1999 年发行 4.0 版本,2004 年发行 6.5 版本,2005 年发行 7.0 版本,2007 年发行了 8.0 版本,即 After Effects CS3。After Effects CS4 是 Adobe 公司于 2008 年推出的版本,比 CS3 版本的多新增了 3 种特效,分别是:Cartoon(动画)特效、Bilateral Blur(双边模糊)特效和 Turbulent Noise(湍流噪音)特效。同时,CS4 版本

在界面上一改以往的风格,对其他细节进行了不少调整,使得该软件更具专业性。

Adobe After Effects CS4 针对不同需求的人士,提供了 Standard、Production Bundle 两种版本,Standard 版本提供所有主要的合成控制,2D 动画及专业动画制作上的特效程序,较适合从事影视动画制作的相关人士。Production Bundle 版本更加入了多种混色去背景能力,提供了高级的运动控制、变形特效、粒子特效,是专业的影视后期处理工具。

1.3.2 界面简介

Adobe After Effects CS4 整个界面设计大方、稳重,秉承了 Adobe 公司在图像设计软件开发中的一贯作风,相比以前的 Adobe After Effects 7.0 版本软件的界面风格有了很大改进。图 1-1 为 Adobe After Effects CS4 软件安装启动界面,图 1-2 为 Adobe After Effects CS4 软件启动提醒界面。

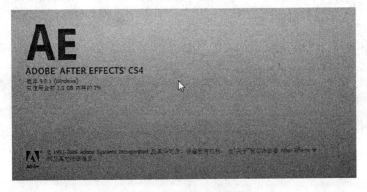

图 1-1 软件安装启动界面

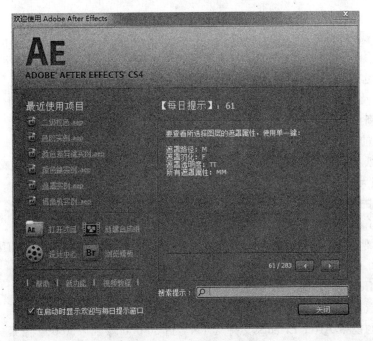

图 1-2 After Effects 启动提醒

After Effects CS4 的标准操作界面，它由菜单栏、工具栏、项目窗口、特效控制台窗口、时间线窗口、信息窗口、音乐编辑窗口、特效及预设窗口等组成，如图 1-3 所示。

图 1-3　After Effects CS4 操作界面

1.3.3　功能简介

1. 图形视频处理

After Effects 软件可以帮助用户高效且精确地创建无数种引人注目的动态图形和震撼人心的视觉效果。利用与其他 Adobe 软件无与伦比的紧密集成和高度灵活的 2D 和 3D 合成，以及数百种预设的效果和动画，为用户的电影、视频、DVD 和 Flash 作品增添令人耳目一新的动态视觉效果。

2. 强大的路径功能

就像在纸上画草图一样，使用 Motion Sketch 可以轻松绘制动画路径，或者加入动画模糊，制作强大的路径动画特效。

3. 强大的特技控制

After Effects 使用多达 85 种的软插件修饰增强图像效果和动画控制，与 Adobe 公司开发的其他的图形图像、视频软件进行完美的结合，例如 After Effects 在导入 Photoshop 和 IIustrator 文件时，保留层信息。

After Effects 提供多种转场效果选择，并可自主调整效果，让剪辑者通过较简单的操作就可以打造出自然衔接的影像效果。

高质量的视频 After Effects 支持从 4×4 到 30 000 像素×30 000 像素的分辨率，包括高清晰度电视(HDTV)。

4．多层剪辑

无限层电影和静态画面图像，使 After Effects 可以实现电影和静态画面的无缝合成，还具备记录每个特效关键帧动画的功能，并可以复制特效关键帧属性到其他的层，大大方便了制作，提高了制作效率。

5．高效的关键帧编辑

After Effects 中，关键帧支持具有所有层属性的动画，After Effects 可以自动处理关键帧之间的变化。

6．无与伦比的准确性

After Effects 可以精确到一个像素点的千分之六，可以准确地定位动画，并可以精确控制和处理关键帧运动。

7．高效的渲染效果

After Effects CS4 可以执行一个合成在不同尺寸大小上的多种渲染，或者执行一组任何数量的不同合成的渲染，如图 1-4 所示。

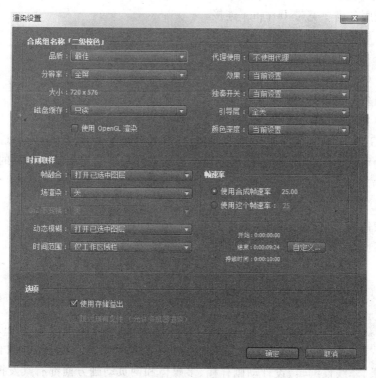

图 1-4　渲染设置

1.3.4　运行环境

1．语言版本

After Effects CS4 现有语言版本有英语、法语、德语、意大利语、日语、朝鲜语（仅限 Windows）和西班牙语。

2. 系统要求

1) Windows

Windows 环境下的系统配置要求如下：

Windows XP（带有 Service Pack 2，推荐 Service Pack 3）或 Windows Vista Home Premium、Business、Ultimate 或 Enterprise（带有 Service Pack 1，通过 32 位 Windows XP 及 32 位和 64 位 Windows Vista 认证）及新推出的 32 位和 64 位 Windows 7.0 版本。

- 主频为 1.5GHz 或更快的处理器。
- 2GB 内存。
- 1.3GB 可用硬盘空间用于安装；可选内容另外需要 2GB 空间；安装过程中需要额外的可用空间（无法安装在基于闪存的设备上）。
- 1280×900 屏幕，OpenGL 2.0 兼容图形卡。
- DVD-ROM 驱动器。
- 若使用 QuickTime 功能，需要 QuickTime 7.4.5 以上的版本软件。
- 在线服务需要宽带 Internet 连接。

2) Mac OS

Mac OS 环境下的系统配置要求如下：

- Mac OS X 10.4.11～10.5.4 版。
- 需要多核的 Intel 处理器。
- 2GB 内存。
- 2.9GB 可用硬盘空间用于安装；可选内容另外需要 2GB 空间；安装过程中需要额外的可用空间（无法安装在区分大小写的文件系统的卷或基于闪存的设备上）。
- 1280×900 屏幕，OpenGL 2.0 兼容图形卡。
- DVD-ROM 驱动器。
- 若使用 QuickTime 功能，需要 QuickTime 7.4.5 以上的版本软件。
- 在线服务需要宽带 Internet 连接。

1.3.5 最新版本

当前最新版本为 Adobe After Effects CS5（Adobe 公司仅推出了 64 位操作系统的 CS5 版本）。新版本的 After Effects 带来了前所未有的卓越功能，在影像合成、动画制作、视觉效果、非线性编辑、设计动画样稿、多媒体和网页动画方面都有其发挥余地。

不同操作系统下的运行环境要求如下：

1). Window

- Intel®Pentium®4 或 AMD Athlon®64 处理器（推荐 Intel Core 2 Duo 或 AMD Phenom&reg II）。
- 需要 64 位操作系统支持：Microsoft&reg；Windows Vista&reg；Home Premium、Business、Ultimate 或 Enterprise（带有 Service Pack 1）或者 Windows7&reg。
- 2GB 内存。

- 3GB 可用硬盘空间;可选内容另外需要 2GB 空间;安装过程中需要额外的可用空间(无法安装在基于闪存的可移动存储设备上)。
- 1280×1024 屏幕,OpenGL 2.0 兼容图形卡。
- DVD-ROM 驱动器。
- 需要 QuickTime 7.6.2 软件实现 QuickTime 功能。
- 在线服务需要宽带 Internet 连接。
2) MacOS
- Intel 多核处理器含 64 位支持。
- Mac OS X 10.5.7 或 10.6 版。
- 2GB 内存。
- 4GB 可用硬盘空间;可选内容另外需要 2GB 空间;安装过程中需要额外的可用空间(无法安装在使用区分大小写的文件系统的卷或基于闪存的可移动存储设备上)。
- 1280×900 屏幕,OpenGL 2.0 兼容图形卡。
- DVD-ROM 驱动器。
- 需要 QuickTime 7.6.2 软件实现 QuickTime 功能。
- 在线服务需要宽带 Internet 连接。

1.4 After Effects CS4 的安装

当前流行的 After Effects CS4(Window32 版)主要有两个版本:一个是绿色汉化版,另一个是英文完整版。本书只为大家介绍汉化版,这样方便大家快速理解和掌握。下面介绍 After Effects CS4 的安装方法。

After Effects CS4 汉化绿色版的安装是比较简单的,它省去了 After Effects 注册的步骤,下面开始进行绿色汉化版 After Effects CS4 的安装。

(1) 首先双击 After Effects CS4 安装文件图标,弹出安装向导对话框,如图 1-5 所示。

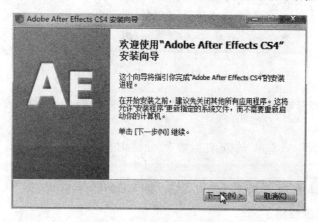

图 1-5 After Effects CS4 安装向导

（2）在安装向导的第一个界面中单击"下一步"按钮，出现如图 1-6 所示的界面。

（3）单击"浏览"按钮，根据自己的需要，修改 After Effects CS4 的安装位置目录，然后单击"确定"按钮即可，如图 1-7 所示。

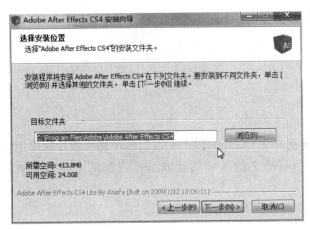
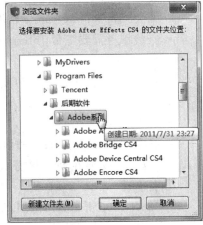

图 1-6　选择安装位置界面　　　　　　　　图 1-7　选择安装路径位置

（4）返回向导对话框单击"下一步"按钮，进行下一步操作，如图 1-8 所示。

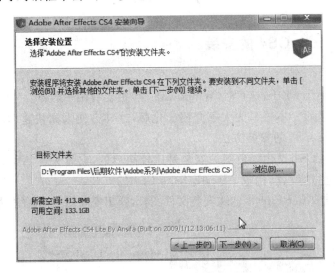

图 1-8　下一步安装

（5）在弹出的对话框中输入用户名及公司名称，如图 1-9 所示，然后单击"安装"按钮，开始安装系统。

（6）After Effects CS4 的安装需要几分钟时间。After Effects CS4 安装过程如图 1-10 所示。

（7）文件安装完成后单击"完成"按钮即可，如图 1-11 所示。至此，Adobe After Effects CS4 就安装成功了。

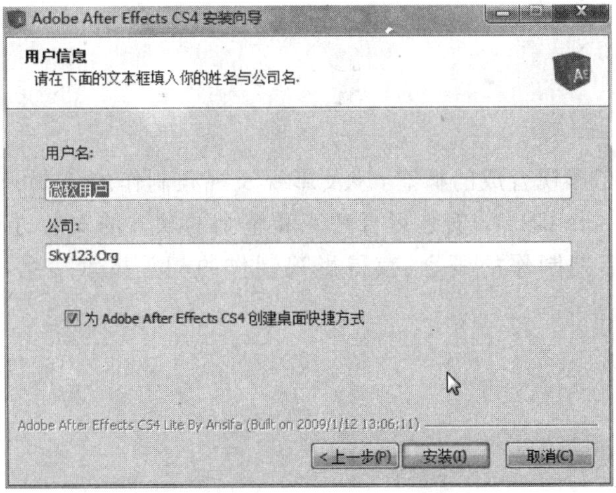

图 1-9 填写用户信息

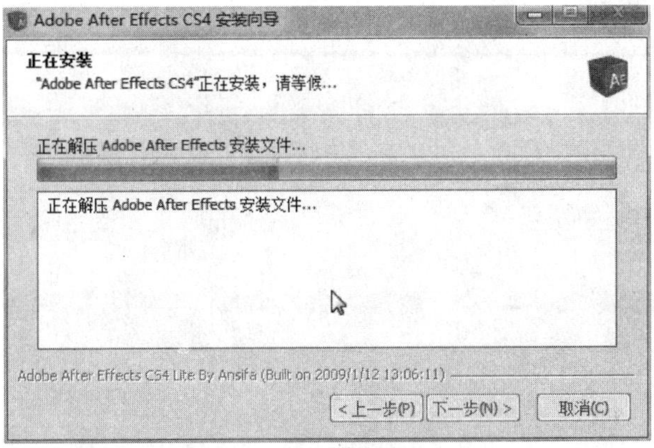

图 1-10 开始安装文件

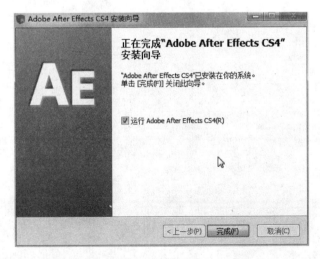

图 1-11 完成安装

本章小结

本章主要介绍了影视合成的概念,涉及影视及视频制作的 Adobe 公司的相关软件,并介绍了 After Effects CS4 的安装运行环境和整个的软件的安装过程。通过本章的学习,可以了解影视后期制作的概念、获得影视制作的相关技术信息,并学会安装 After Effects CS4 的方法。

第 2 章　视频技术基础知识

本章主要介绍一些与影视后期制作相关的视频技术基本知识,目的是让初学者了解视频制作的基本常识,以便在后面的学习过程中更好地理解和掌握影视合成特效的设计制作技术。

2.1　宽高比

电影或电视格式决定了实际画面的比例,通常画面的宽度与高度之比称为宽高比。有用整数表示的,如 4∶3,也有用小数表示的,如将 4∶3 写作 1.33,常见的宽高比如下:

(1) 1.33:标准电视的宽高比为 1.33(读作"一三三")。不过大部分国家正逐渐用宽屏幕电视(16∶9)取代标准电视机。

(2) 1.66:1.66(一六六)宽高比在美国不常见,但世界上有些地区仍在使用。

(3) 1.78:HDTV 与高级宽屏幕电视系统使用 1.78 宽高比,即常说的 16∶9。这种比例使人们在家也能享受电影院般的宽银幕效果。

(4) 1.85:1.85(一八五)是全球电影最常用的宽高比。

(5) 2.35:2.35(二三五)是美国故事片较常用的宽高比。这种宽高比也称为 Cinemascope 或 Panavision(变形镜头宽银幕电影),两者同时又可作为 2.35 宽高比格式的商标。

一旦知道镜头的水平分辨率及宽高比,两者相除即可得出镜头的垂直分辨率。例如,电影画面的水平像素值为 2048,宽高比为 1.85,则垂直线像素值为 2048/1.85,即 1107。

2.2　彩色信息的表述

在几乎所有视频技术标准中,有一个重要的问题就是彩色信息的表述方法,也就是如何让显示设备还原出自然界的真实色彩。研究发现自然界景物的绝大部分的彩色光都能够分解成独立的红、绿、蓝三基色,即所谓的 R、G、B 三基色原理(R/RED/红色,G/GREEN/绿色,B/BLUE/蓝色)。

随着电子与数字技术的发展,使我们可以用一个固定的数字或变量来表示世界上的任何一种颜色,而 RGB 只是众多颜色数字编码中的一种,采用这种编码方法,每种颜色都可以用三个变量来表示,即红色、绿色、蓝色的信号强度。要想记录及显示彩色图像, RGB 编码是最常见的一种方案,我们身边能接触到的彩色显示设备几乎都采用的是这种方案,如电视机、电脑显示器、液晶显示方式等等。这些设备不管之前输入的是什么信号,最终都转换成 RGB 信号去激励 CRT(显像管)或 LCD(液晶板)来完成色彩的显示还原。

2.3　电视制式

电视信号的标准也称为电视的制式。目前各国的电视制式不尽相同,制式的区分主要在于其帧频(场频)的不同、分解率的不同、信号带宽以及载频的不同、色彩空间的转换关系不同等等。

电视制式就是用来实现电视图像信号和伴音信号,或其他信号传输的方法和电视图像的显示格式,以及这种方法和电视图像显示格式所采用的技术标准。严格来说,电视制式有很多种,对于模拟电视,有黑白电视制式、彩色电视制式,以及伴音制式等;对于数字电视,有图像信号、音频信号压缩编码格式(信源编码)和 TS 流(Transport Stream)编码格式(信道编码),还有数字信号调制格式,以及图像显示格式等制式。由于我国数字电视制式标准还没有公布,所以这里暂不讨论数字电视制式。

电视可用不同的方式来实现。实现电视的一种特定方式,称为电视的一种制式。在黑白电视和彩色电视发展过程中,分别出现过许多种不同的制式。

2.3.1　彩色电视机的制式种类及特点

严格来说,彩色电视机的制式有很多种,例如国际线路彩色电视机,一般都有 21 种彩色电视制式,但把彩色电视制式分得很详细来学习和讨论,并没有实际意义。在人们的一般印象中,彩色电视机的制式一般只有三种,即 NTSC、PAL、SECAM。

(1) 正交平衡调幅制——National Television Systems Committee(美国电视系统委员会),简称 NTSC 制。这种制式的帧速率为 29.97fps(帧/秒),每帧 525 行 262 线,标准分辨率为 720×480。它是 1952 年由美国国家电视标准委员会指定的彩色电视广播标准,它采用正交平衡调幅的技术方法,故也称为正交平衡调幅制。美国、加拿大等大部分西半球国家以及中国台湾、日本、韩国、菲律宾等国家和地区均采用这种制式。

(2) 正交平衡调幅逐行倒相制——Phase-Alternative Line(逐行倒相),简称 PAL制。这种制式帧速率为 25fps,每帧 625 行 312 线,标准分辨率为 720×576。它是西德在 1962 年制定的彩色电视广播标准,它采用逐行倒相正交平衡调幅的技术,克服了 NTSC制相位敏感造成色彩失真的缺点。西德、英国、意大利、荷兰等一些西欧国家,新加坡、中国大陆及香港、澳大利亚、新西兰等采用这种制式。PAL 制式中根据不同的参数细节,又可以进一步划分为 G、I、D 等制式,其中 PAL-D 制是我国大陆采用的制式。

(3) 行轮换调频制——Sequential Electronique Pour Coleur Avec Memoire(顺序传送色彩信号与存储恢复彩色信号制,简称 SECAM 制)。采用这种制式的有法国、前苏联和东欧、非洲和中东的一些国家。这种制式帧速率为 25fps，每帧 625 行，312 线，标准分辨率为 720×576。它是由法国在 1956 年提出，1966 年制定的一种新的彩色电视制式。它也克服了 NTSC 制式相位失真的缺点，但采用时间分隔法来传送两个色差信号。

在上面三种彩色电视制式的基础上，按伴音信号的调制方式（调频或调幅）和载波频率，还可以把电视制式继续细分成很多种，如：

- D/K：6.5MHz，中国大陆采用；
- I：6.0MHz，中国香港采用；
- B/G：5.5MHz，国外部分地区采用；
- M：4.5MHz，美国、日本、加拿大等国采用。

2.3.2 彩色电视机制式的现状

随着节目来源的增多，如卫星电视、激光视盘和各种录像带，近年市场上出现了多制式电视机和背投，如 2 制式、4 制式、11 制式、17 制式、21 制式和 28 制式等。这里所说的制式既不是我们平常所说的 PAL、NTSC、SECAM 彩电三大制式，也不是黑白电视体制，而是说电视机用多少种方式接收。例如，2 制式既能接收我国内地电视图像和伴音，又能接收中国香港电视图像和伴音；28 制式能接收 6 种电视广播、8 种特殊录像机放像、7 种激光视盘放像和 7 种有线电视系统。

世界上有 13 种电视体制和三大彩电制式，兼容后组合成 30 多个不同的电视制式。但根据对世界 200 多个国家和地区的调查，仅使用其中的 17 种：8 种 PAL，2 种 NTSC，7 种 SECAM。使用最多的是 PAL/B，G，有 60 个国家和地区使用；有 54 个国家和地区使用 NTSC/M；有 23 个国家和地区使用 SECAM/K1。所以多制式电视机都不是全制式，但只要能接收 PAL/D、K、B、G、I，NTSC/M，SECAM/K、k1、B、G 制式，就能收到世界上 80% 以上国家和地区的电视节目。

除此之外，多制式背投还能接收激光视盘和多制式录像带播放的节目，做到一机多用，非常方便。为了实现背投的多制式接收，背投内要设置许多新电路。多制式背投的解码也不同于一般背投，这是由于三种彩色电视的编码方式、副载波频率不同，所以在解码前要设置三种制式识别和转换电路。一般根据场频不同先把 NTSC 制和 PAL、SECAM 制分开，然后再根据 SECAM 制调频行轮换制和 PAL 制隔行倒相制识别 SECAM 制和 PAL 制。这些制式识别工作均在集成电路内进行，一般背投都会自动识别，当然也可以用手动强制其执行某种制式。

2.3.3 NTSC、PAL、SECAM 三种彩色电视制式的优缺点

NTSC（National Television System Committee 美国电视系统委员会）制一般被称为正交调制式（对两个色副载波信号进行正交调幅）彩色电视制式；PAL（Phase Alternating Line 逐行倒相）制一般被称逐行倒相式（对两个色副载波信号轮流倒相，但调制方式仍是正交调幅）彩色电视制式；SECAM（Systeme Electronique Pour Couleur Avec Memoire 顺序传送彩色与记忆制）一般被称为轮流传送式（对两个色副载波调制信号轮流传送，彩

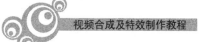

色信号是采用调频调制方式传送)彩色电视制式。

NTSC 制优点是电视接收机电路简单,缺点是容易产生偏色,因此 NTSC 制电视机都有一个色调手动控制电路,供用户选择使用;PAL 制和 SECAM 制具有可以克服 NTSC 制容易偏色的缺点,但电视接收机电路复杂,要比 NTSC 制电视接收机多一个一行延时线电路,并且图像容易产生彩色闪烁。因此,三种彩色电视制式各有优缺点,互相比较结果,谁也不能战胜谁,所以,三种彩色电视制式共存了五十多年。

2.4　场的顺序

对于初学 DVD 制作的人来说,"场"是一个很重要的概念。只有认识了它才能做好 DVD,均可解决视频制作完后在电视上观看时出现的闪、抖等问题。这里给大家介绍场的相关知识,希望对初学者有所帮助。

2.4.1　帧率与场频的来历

发明电视之前已经有了电影,电影的帧率为 24 格画面/秒。为了提高电视的流畅度,不像电影那么闪烁,电视提高到 60 个画面/秒(NTSC),但由于电视带宽的问题,人们把每个画面隔行抽掉一半(成为 Field),2 个 Field 交错正好为 1 个帧的大小,这就是隔行扫描的由来。换句话说,每个电视的帧包含 2 个画面。PAL 制的水平扫描线为 625 条,其中真正显示图像的扫描线为 576 条,分 2 次扫描,每次扫 288 条为 1 个场。DVD 包含了 2 个场信息,而一般采集的 VCD 只取了这 288 条扫描线,即 1 个场的信息。576 的像素的 1 帧包含 2 场,回放到电视上相当于 2 个独立的画面,25 帧/秒在隔行扫描的电视上就实际上变为 50 个活动画面/秒。而 VCD 为 352×288,只能填充 1 场,另一个场只能是重复这个同样的画面,因而 VCD 在电视上看最多只有 25 个画面/秒。

2.4.2　低分辨率下的场序

由于以上原因,不管是什么样的素材,也不管用什么手段采集,只要采集的水平分辨率为 288×240 则没有场序,576×480 的就有场序。所以制作 VCD 时场序用 No Field,因为不管什么素材,最终都缩小到 352×288,无论什么场序,结果都是一样的。

2.4.3　制作 DVD 时的场序

在日常制作 DVD、VCD 等视频媒介过程中,常涉及到场的问题,场的生成有的是由采集过程时带来的,有的是由软件设置生成的针对不同情况要处理好场的问题,以获得高质量的画面效果。

(1) 首先制作 DVD 时一定要弄清场的关系,不然制作出的 DVD 会抖动。

在 PAL 制中,对在电视上播放的影片而言,正确的场序永远是上场占先(Upper

Field first 或 Even Field first)，所以一般情况下从 Premiere 输出时如果需要带场，应选
Upper；有一点很重要，决定要不要带场的原则是：只有当输出的影片要在电视上播放，
而且该影片的垂直分辨率是 576(目前对 PAL 而言)时；另外要注意的是，Premiere 输出
时对场的设置只对在 Premiere 做的图像移动过的场有影响，而不会改变素材本身的场
序。在制作 SVCD 时和 DVD 一样选用 Upper Field first。(在 Premiere 中输出场序要以
是否进行"逆向领域优势(Reverse Field Dominance)"场序翻转为依据。)

(2) 采集时的场序。

首先要明白的是在采集的时候是不需要考虑场问题的，但不同的采集卡所采的场序
是不同的。1394 卡采集的都是 Low Field first，所以被采集到计算机里的 DV AVI 视频
文件，它的场序是下场占先(Lower Field first 或 Odd Field first)，若要将这类素材编辑
后在电视上播放，需要把场序反转，或直接将素材的场序反转，或在压缩过程中将场序反
转。VT321 采集的都是上场先(Upper Field first)。在 Premiere 的进行场序反转设置的
对话框中，勾选"逆向领域优势(Reverse Field Dominance)"就可改变当前素材的场序，
Premiere 里设置的场序只在渲染时起作用。

在影视制作过程中场序问题很重要，如果场序错误，图像播放时就会抖动，这也是经
常遇到的问题。下面介绍一下常用的场序：SVCD 和 DVD 影碟是上场优先，VCD 是无
场，1394 卡生成的 AVI 文件是下场优先，8×8 芯片的采集卡(或电视卡)生成的 AVI 文
件是上场优先。有一个窍门，就是如果不知道文件的场序，可以把它调入 TMPGEnc，它
会判断场序。

要理解 VCD 为什么无场，是因为 PAL 制水平扫描线为 625 行，其中真正显示图像
的扫描线为 576 行，分 2 次扫描，每次扫描 288 条为一个场，PAL 制式的 DVD 分辨率为
720×576，包含了 2 场的全部信息，而 PAL 制式的 VCD 标准为 352×288 分辨率，只取
了 288 条扫描线即 1 场信息。DVD 的 576 的像素 1 帧包含 2 场，回放到电视上相当于
2 个独立的画面，25 帧/秒在隔行扫描的电视上实际上变成了每秒 50 个活动画面。而
VCD 的 288 像素 1 帧只包含 1 场，另 1 个场只是简单地重复这个画面，因而 VCD 在电视
上每秒只有25 个画面，所以是"无场"。

2.4.4 不同场序的素材混编时的设置

在制作 VCD、DVD 等各类不同的视频媒介中，常使用带有不同场的视频素材，并在
不同的软硬件环境中进行混编，需要根据不同的对象对场做相应的设置。

(1) 如果是制作 VCD，可以不用考虑太多，在输出时直接勾选无场就可以。

(2) 如果是制作 SVCD、DVD 就要将混编素材中下场优先的素材照上面的介绍进行
场序反转，输出时也要选上场优先。

VT321 采集的 AVI 文件调入 Premiere 中，用 CCE 插件输出 DVD 时，在 Premiere
新建项目文件设置中要选上场优先，在输出设置中要选上场优先，CEE 里不选上场优先。

(1) VCD 是基于帧的。在制作 VCD 视频时，选择"文件"→"参数选择"命令，在"常
规选项卡"中设置场顺序为"基于帧"，否则可能造成画面清晰度下降，模糊不清。

(2) DVD/SVCD 是基于场的。中国 PAL 制是上场优先。在用会声会影 9 制作

DVD/SVCD 光盘时，不管编辑过程是上场优先还是下场优先，在刻录光盘向导界面左下角参数选择及模板管理器中的光盘模板，建议改为下场优先，否则可能造成在用 DVD/SVCD 机播放时发生跳帧或画面上下抖动现象（具体要看 DVD/SVCD 机的兼容性）。

（3）计算机是基于帧的。用计算机播放基于场的视频会出现画面物体边缘拉丝现象，这是正常的，在 DVD 机上播放应该正常。

2.4.5　基于帧

每一帧画面以非交错的方式进行，由上到下顺序显示，由于计算机的显示器是以非交错的方式进行的，如果视频文件输出到计算机上显示，则选择"基于帧"，对于 PAL 制 VCD，由于画面尺寸较小，数据传播率较低，也可选择"基于帧"。

在配置较低的计算机上播放场基于帧的影片时，会出现丢帧现象。

1）场顺序 A

每帧画面以交错方式分二次扫描，在将光信号转变为电信号的扫描过程中，扫描总是从图像的左上角开始，水平向前行进，同时扫描点也以较慢的速率向下移动，当扫描点到达图像右侧边缘时，扫描点快速返回左侧，重新开始在第 1 行的起点下面进行第 2 行扫描，行与行之间的返回过程称为水平消隐，对于 PAL 制信号，采用每帧 625 行扫描。

通常，对于回录到 DV 摄像机的 AVI、PAL 制 DVD、SVCD 选择场顺序 A。

在配置较低的计算机上播放场顺序 A 的影片时，会出现白色细横线，如错误设置场顺序 A 和场顺序 B，可能导致视频跳动或播放不流畅。

2）场顺序 B

每帧画面以交错方式分二次扫描，从第 0 条扫描线开始，双数的扫描线先显示，单数的扫描线后显示，其原理和注意事项与场顺序 A 相同，如不能确定选择场顺序 A 或场顺序 B，可查看采集卡说明中它的场顺序读取功能。

在选择场顺序时，默认场顺序 A（上场优先），这种场序可广泛适用于 AVI、VCD、SVCD、DVD 的制作。

和电影一样，在视频领域同样要利用人眼的视觉暂留特性产生运动影像。因此，对每秒钟扫描多少帧有一定的要求，这就是帧速率。对于 PAL 制电视系统，帧速率为 25 帧；而对于 NTSC 制电视系统，帧速率为 30 帧。虽然这些帧速率足以提供平滑的运动，但它们还没有高到足以使视频显示避免闪烁的程度。根据实验，人眼可觉察到以低于 1/50 秒速度刷新的图像中的闪烁。然而，要把帧速率提高到这种程度，要求显著增加系统的频带宽度，这是相当困难的。为了避免这样的情况，全部电视系统都采用了隔行扫描方法。

隔行扫描就是用一个以上的垂直扫描场再现一个完整的帧。在电视系统中，均采用了两个垂直扫描场表示一个完整的帧的方式，也叫交错视频场。其中一个垂直扫描场扫描帧的全部奇数行，称为奇数场，在 Premiere 中称为上场（Upper Field）；另一个扫描场扫描帧的全部偶数行，称为偶数场，在 Premiere 中称为下场（Lower Field）。对于帧速率 25 帧的 PAL 制电视系统来说，虽然每一行都以每秒 25 次扫描速度刷新，但整个图像看起来是以每秒 50 次扫描来刷新的，这样眼睛就不会立即看到很少的闪烁目标。隔行扫描,实际上是以牺牲一定的图像分辨率为代价的折衷方案。对于远距离观看的电视,强调的是画面的整体效果,对于图像的细节可不予考虑,因此采用隔行扫描的办法是完全可行的。而对于近距离观看的计算机显示器而言,隔行扫描是不可取的,它会给人眼带来损害,因此对于计算器显示器,都采用了逐行扫描的办法,其刷新频率在 60Hz 以上。

2.5　SMPTE 时间码

通常用时间码(SMPTE)来识别和记录视频数据流中的每一帧,从一段视频的起始帧到终止帧,其间的每一帧都有唯一的时间码地址。根据 SMPTE 使用的时间码标准,其格式是:小时,分钟,秒,帧,或 hours,minutes,seconds,frames。例如,一段长度为 00:02:31:15 的视频片段的播放时间为 2 分钟 31 秒 15 帧,如果以每秒 30 帧的速率播放,则播放时间为 2 分钟 31.5 秒。SMPTE 物理层传输采用差分串行传输,常见的有 SMPTE292M、SMPTE259M。

2.6　几种常见的视频格式

RM、RMVB、MPEG1~4、MOV、MTV、DAT、WMV、AVI、3GP、AMV、DMV 这类格式是影像阵营中的一个大家族,也是我们平时所见到的最普遍的一种视频格式。从它衍生出来的格式非常多,以 MPG、MPE、MPA、ML5、MLV、MP2 等为后缀名的视频文件都是出自这一家族。MPEG 格式包括 MPEG 视频、MPEG 音频和 MPEG 系统(视频、音频同步)三个部分,MP3(MPEG-3)音频文件就是 MPEG 音频的一个典型应用;视频方面则包括 MPEG-1、MPEG-2 和 MPEG-4。

MPEG-1 被广泛应用在 VCD 的制作和一些视频片段下载方面,其中最多的就是 VCD——几乎所有 VCD 都是使用 MPEG-1 格式压缩的(∗.dat 格式的文件)。MPEG-1 的压缩算法可以把一部 120 分钟长的电影文件(原始视频文件)压缩到 1.2GB 左右大小。

MPEG-2 则应用在 DVD 的制作(∗.vob 格式的文件)方面,同时也在一些 HDTV(高清晰电视广播)和一些高要求视频编辑、处理方面有相当的应用。使用 MPEG-2 的压缩算法制作一部 120 分钟长的电影(原始视频文件),文件大小为 4~8GB,当然其图像质量方面的指标是 MPEG-1 所无法比拟的。

MPEG-4 是一种新的压缩算法,使用这种算法的 ASF 格式文件,可以让一部 120 分钟长的电影(原始视频文件)"瘦身"到 300MB 左右,由于其小巧便于传播,故成为网上在线观看的主要方式之一。这种算法是美国禁止出口的编码技术,另外,运用 DivX 格式还可以把源文件压缩到 600MB 左右,但其图像质量比 ASF 高出许多。

在这里介绍一下 DivX 格式,DivX 视频编码技术可以说是针对 DVD 而产生的,同时它也是为了打破 ASF 的种种约束而发展起来的。正如上面所提到的那样,它采用的是 MPEG-4 算法,这样一来,压缩一部 DVD 只需要 2 张 VCD,这不但意味着你不需要买 DVD-ROM 也可以得到和它差不多的视频质量,而且播放这种编码,对机器的要求也不

高,只要有 300MHz 以上的 CPU,64MB 的内存和 4MB 显存的显卡就可以流畅的播放。

此外,值得一提的是,当按 MPEG-1 和 MPEG-2 分别制作 VCD 和 DVD 时,由于针对的播放制式不同,各自有其特别的分辨率标准,VCD 使用 NTSC 格式时,它的 MPEG-1 压缩图像分辨率为 352×240,而使用 PAL 格式时,则是 352×288;DVD 使用 NTSC 格式时,MPEG-2 压缩图像分辨率为 720×480,而使用 PAL 格式时,则是 720×576。倘若打算制作能在 DVD/VCD 机上播放的光盘,那么在制作影像文件时需要特别注意各种录像机使用的制式。

1. AVI 格式

AVI 可没有 MPEG 这么复杂,从 WIN3.1 时代开始,它就已经面世了。它最直接的优点就是兼容性好、调用方便而且图像质量好,因此也常常与 DVD 相提并论。但它的缺点也是十分明显的,就是文件体积大。也是因为这一点,我们才看到了 MPEG-1 和 MPEG-4 的诞生。2 小时影像的 AVI 文件的体积与 MPEG-2 相差无几,不过这只是针对标准分辨率而言的,根据不同的应用要求,AVI 的分辨率可以随意调整。窗口越大,文件的数据量也就越大。降低分辨率可以大幅减低它的体积,但图像质量就必然受损。在与 MPEG-2 格式文件体积差不多的情况下,AVI 格式的视频质量相对而言要差不少,但制作时对计算机的配置要求不高,经常有人先录制好了 AVI 格式的视频,再转换为其他格式。

2. RM 格式

它是 Real 公司对多媒体世界的一大贡献,也是对于在线影视推广的贡献。它的诞生,也使得流文件为更多人所知。这类文件可以实现即时播放,即先从服务器上下载一部分视频文件,形成视频流缓冲区后实时播放,同时继续下载,为接下来的播放做好准备。这种"边传边播"的方式避免了用户必须等待整个文件从 Internet 上全部下载完毕才能观看的缺点,因而特别适用于在线观看影视的应用。RM 格式主要用于在低速率的网上实时传输视频,它同样具有小体积而又比较清晰的特点。RM 文件的大小完全取决于制作时选择的压缩率,这也是为什么有时我们会看到 1 小时的影像有的只有 200MB,而有的却有 500MB 之多。

3. MOV 格式

在所有视频格式当中,也许 MOV 格式是最不知名的。也许你会听说过 QuickTime,MOV 格式的文件正是由它来播放的。在 PC 几乎一统天下的今天,从 Apple 移植过来的 MOV 格式自然是受到排挤的。它具有跨平台、存储空间小的技术特点,而采用了有损压缩方式的 MOV 格式文件,画面效果较 AVI 格式要稍微好一些。到目前为止,它共有 4 个版本,其中以 4.0 版本的压缩率最好。

4. MPEG/MPG/DAT

MPEG 是 Motion Picture Experts Group 的缩写。这类格式包括了 MPEG-1、MPEG-2 和 MPEG-4 在内的多种视频格式。MPEG-1 相信是大家接触得最多的了,因为目前其正在被广泛地应用在 VCD 的制作和一些视频片段下载的网络应用上。大部分的 VCD 都是用 MPEG-1 格式压缩的(刻录软件自动将 MPEG-1 转为 DAT 格式)。使用 MPEG-1 的压缩算法,可以把一部 120 分钟长的电影文件压缩到 1.2 GB 左右。MPEG-2 则是应用于 DVD 的制作,同时在一些 HDTV(高清晰电视广播)和一些高要求视频编辑、处理上面也有相当多的应用。使用 MPEG-2 的压缩算法压缩一部 120 分钟长的电影可以文件大小压缩到 5～8GB(MPEG-2 的图像质量是 MPEG-1 所无法比拟的)。

5. RA/RM/RAM

RM 是 Real Networks 公司所制定的音频/视频压缩规范 Real Media 中的一种,Real Player 能做的就是利用 Internet 资源对这些符合 Real Media 技术规范的音频/视频进行实况转播。在 Real Media 规范中主要包括三类文件:Real Audio、Real Video 和 Real Flash (Real Networks 公司与 Macromedia 公司合作推出的新一代高压缩比动画格式)。Real Video(RA、RAM)格式由于一开始就定位在视频流应用方面,也可以说是视频流技术的始创者。它可以在用 56K MODEM 拨号上网的条件下实现不间断的视频播放,可是其图像质量比 VCD 差些,如果你看过那些 RM 压缩的影碟就可以明显对比出来了。

6. 流媒体格式

下面再单独介绍一下能远程控制的流媒体格式。这种流媒体格式常用于网络视频在线传输。现在比较流行的是 RTSP 和 MMS 协议,RTSP(Real Time Streaming Protocol 实时流协议)是由 Real Networks 和 Netscape 共同提出的,主要支持 *.rm 和 *.rmvb 格式的流媒体文件,以 Real Networks 公司的流媒体服务器为代表,其根据不同的网络带宽提供同一视屏的不同清晰度媒体流,是流媒体技术上的一个闪光点,不过,随着用户带宽越来越大,这个技术变得越来越不重要,取而代之的是微软提出的 MMS(Microsoft Media Server Protocol)。下面介绍两种 MMS 的流媒体格式:

1) ASF 格式

ASF(Advanced Streaming Format,高级流格式)是 Microsoft 为了和现在的 Real Player 竞争而发展出来的一种可以直接在网上观看视频节目的文件压缩格式。ASF 使用了 MPEG-4 的压缩算法,压缩率和图像的质量都很不错。因为 ASF 是以一个可以在网上即时观赏的视频流格式存在的,所以它的图像质量比 VCD 差一点点并不出奇,但比同是视频流格式的 RAM 格式要好。

2) WMV 格式

WMV 是一种独立于编码方式的在 Internet 上实时传播多媒体的技术标准,Microsoft 公司希望用其取代 QuickTime 之类的技术标准以及 WAV、AVI 之类的文件扩展名。WMV 的主要优点是:可扩充的媒体类型、本地或网络回放、可伸缩的媒体类型、流的优先级化、多语言支持、扩展性等。

7. DVDRip

所谓 DVDRip,就是用 DivX 压缩技术对 DVD 碟片的视频图像进行高质量的压缩、用 MP3 或 AC3 对音频进行压缩,然后将视频、音频部分合并成一个 AVI 文件(AVI 即 Audio Video Interleaved,音频视频交错),最后再加上外挂的字幕文件而形成的影音播放格式。

其大小一般为数百兆,是 DVD 体积的几分之一。需要注意的是,当 DVD 转换成 DVDRip 后,会损失掉一些如菜单导航、音轨选择、分段选择等 DVD 特性,不过相对于它的优点和便于收藏交流而言,这些损失都是微不足道的。

8. RMVB 格式

该格式由 RM 影片格式升级延伸而来。VB 即 VBR,是 Variable Bit Rate(可改变之比特率)的英文缩写。它打破了以前 RM 格式平均压缩采样的方式,在保证平均压缩比的基础上,合理利用了比特率资源,使 RMVB 在牺牲少部分影片质量的情况下,最大限度地压缩了影片的大小,最终拥有了近乎完美的接近于 DVD 品质的视听效果。

相比 DVDRip,RMVB 的优势不言而喻。首先在保证影片整体视听效果的前提下,RMVB 的体积只有 300～450MB 左右(以 90 分钟标准电影计算),而 DVDRip 却需要 700MB 甚至更多。此外,它还拥有内置字幕、无需外挂插件支持、播放时系统占用率低等优点,这些优势使它已成为当前网络电影的真正主流格式。

9. MKV 格式

被很多人认为是颠覆 DVDRip 的未来主流媒体格式。它实际上是一种新型多媒体封装格式,也称多媒体容器(Multimedia Container)。它不同于 DivX、XviD 等视频编码格式,也不同于 MP3、Ogg 等音频编码格式。MKV 只是为这些音、视频提供外壳的“组合”和“封装”的格式。换句话说,就是一种容器格式,常见的 AVl、VOB、MPEG、RM 格式其实也都属于这种类型。但它们要么结构陈旧,要么不够开放,这才促成了 MKV 这类新型多媒体封装格式的诞生。

MKV 最大的特点就是能容纳多种不同类型编码的视频、音频及字幕流,甚至连非常封闭的 RealMedia 及 QuickTime 这类流媒体也被它囊括进去,可以说是对传统媒体格式的一次大颠覆,几乎变成了一个万能的媒体容器。

播放 MKV 并不需要专用的播放器,任何基于 DirectShow 的播放器都能播放它,如常见的 Media Player Classic、BSplayer、ZoomPlayer 播放器等,甚至包括 Windows Media Player,仅需安装相应 Matroska 解码分离器插件即可,推荐下载 HappyShow 这个解码器集成软件。

本章小结

本章主要学习了视频技术的基本知识,包括电视的制式、场的概念及相关知识、常见的视频格式等内容。通过本章内容的学习,可使初学者对影视合成过程中将涉及到的一些基本问题有个初步的认识和了解,并掌握解决相关问题的方法。

第3章 After Effects 基础入门

在学习了前面两章后,相信大家都对后期制作的基本知识有了一定的了解,大家可能会觉得前面两章讲的内容有点枯燥无味,那么从这一章开始将为大家正式介绍 After Effects CS4 的精彩内容。

本章主要内容:全面介绍 After Effects CS4 各个工作窗口、控制面板的使用方法,以及它们的相互关系,引导读者快速入门,轻松掌握 After Effects CS4 各工作窗口的功能模式。

3.1 项目窗口

After Effects CS4 标准的操作界面工作区主要分为四大窗口,分别是:项目窗口、合成图像窗口、时间线窗口和状态栏。其中最左边的是项目窗口,中间为合成图像窗口,右边为状态栏,而时间线窗口位于这三个窗口的下方,如图 3-1 所示。

图 3-1　After Effects CS4 操作界面

3.1.1 初识项目窗口

项目窗口是存放各类素材或原始电影片段的
窗口,正像建造一座大楼的材料库房一样,里面存
放着各类素材,如静态图片素材、各类动画及视频
素材、声音素材等。在项目窗口中可以对所导入
的素材文件进行一些编辑和属性设置,以方便对
项目窗口中的素材进行管理。图 3-2 所示为项目
窗口中的图片素材。

每次启动 After Effects 时,系统会自动建立
一个项目;也可以通过选择"文件"→"新建"→"新
建项目"命令来新建一个项目,如图 3-3 所示;若
要打开已有的项目,可以选择"文件"→"打开项
目"命令,或按快捷键 Ctrl+O,在弹出的对话框
中选择一个已储存的项目文件,如图 3-4 所示;还
可以选择"文件"→"打开最近使用项目"命令,在

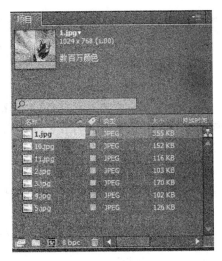

图 3-2　项目窗口

弹出的下拉菜单中选择所需要打开的最近使用过的项目文件,如图 3-5 所示。After
Effects 的项目工程文件扩展名为 aep。

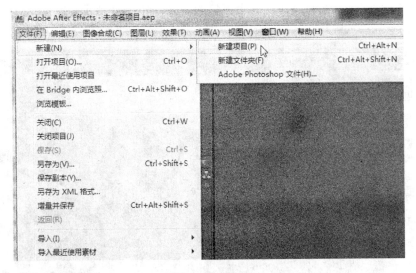

图 3-3　新建项目

1. 项目窗口的结构

(1) 素材片段展示区:当在项目中定位一个素材、一个库或是一个文件夹时,该区将
展示出它的一些相关属性特征。对于静止图片,显示出该素材片段较大尺寸的缩略图;
对于视频片段,显示出某帧处的画面,默认值是首帧画面;对于声音片段,显示出声波的
缩略图或是某一处的波形缩略图,在项目窗口中用移动工具点选该素材,窗口上方将显

图 3-4 打开文件

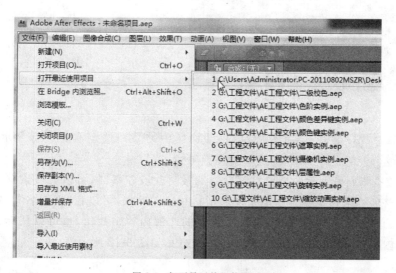

图 3-5 打开最近使用的项目

示该素材的属性特征,如图 3-6 和图 3-7 所示。

(2)素材片段属性区:属性是片段自身固有的内容,包括名称、类型、大小尺寸和延时等信息,如图 3-8 所示。

(3)项目结构区:该区类似 Windows 资源管理器的树状文件夹结构,通过单击图 3-9 中鼠标光标所指的折叠钮可展开与折叠,如图 3-10 所示。

图 3-6　图像信息

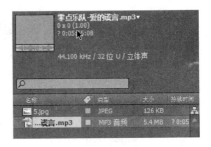

图 3-7　音频信息

图 3-8　片段属性

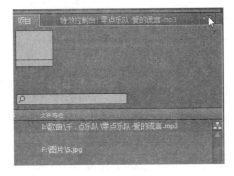

图 3-9　项目结构

图 3-10　项目结构面板下拉菜单

（4）素材片段展开区：该区对项目结构区中的某一选定素材进行显示和查找，如图 3-11 所示，类似于 Windows 资源管理器功能。

（5）查找素材片段区：当项目窗口中的素材片段较多时，可以在搜索框中输入需要查找的素材名称来查找满足给定条件的素材片段。例如，可以在"文件名"文本框中输入原始片段的文件名来进行查找，或从所定义的注解内容中找出，也可以从标记的定义中查找相关内容，还可以从所有的类别中进行查找，如图 3-12 所示。

图 3-11　文件展开

图 3-12　查找片段区

（6）项目流程图：显示项目合成素材的合成层次及顺序，单击图 3-13 中光标所指按钮将打开项目流程图窗口（如图 3-14 所示），在项目流程窗口中能够看到文件的合成结构流程。

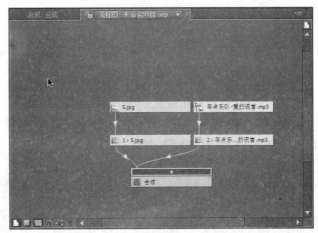

图 3-13　项目流程按钮

图 3-14　项目流程窗口

（7）素材定义按钮：在项目窗口中选中一个或多个素材，然后单击图 3-15 中光标所指的"素材定义"按钮，系统将会弹出定义素材窗口（如图 3-16 所示），然后可以在素材定义窗口中对素材进行编辑定义，或选择素材，单击右键也可以定义素材。

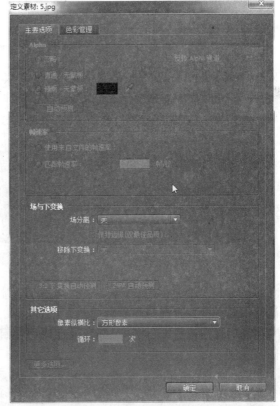

图 3-15　素材定义按钮

图 3-16　素材定义窗口

（8）新建文件夹：单击 █ 按钮将会在项目窗口中建立一个文件夹，可以将项目窗口中的素材拖放到文件夹中进行分类管理。

（9）新建合成按钮：单击图 3-17 中光标所指的"新建合成"按钮，将弹出合成设置窗口（如图 3-18 所示），在合成设置窗口中编辑各项参数，然后单击"确定"按钮即可新建一个合成。

图 3-17　新建合成按钮

图 3-18　合成设置窗口

2. 创建项目

（1）创建新项目的步骤：选择"文件"→"新建"→"新建项目"命令，如图 3-19 所示。

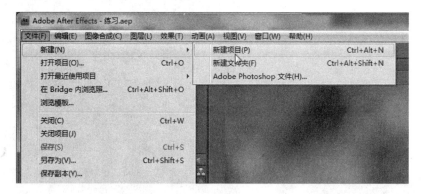

图 3-19　新建项目

（2）打开项目的步骤：选择"文件"→"打开项目"命令，如图 3-20 所示，然后在弹出的对话框中选择所要打开的项目。

也可以通过选择"文件"→"打开最近使用项目"命令，打开最近开启过的项目文件，如图 3-21 所示。

注意：在 After Effects 中，一次只能打开一个项目文件，不能同时打开多个项目文件。

（3）保存项目：在 After Effects 中编辑项目时，应随时保存工作阶段的结果，以免意

图 3-20　打开项目

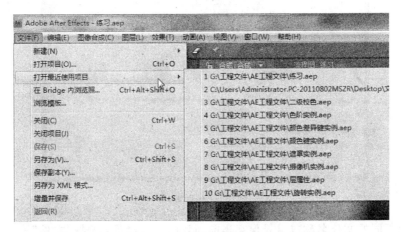

图 3-21　打开最近使用的项目

外丢失工作成果。

3. 保存项目的几种方法

（1）以原文件名保存项目：选择"文件"→"保存"命令，如图 3-22 所示，或按快捷键 Ctrl+S，保存项目文件（第一次保存项目文件时，需选择文件储存位置）。

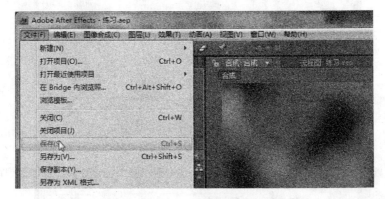

图 3-22　保存项目

（2）以不同的名称或目录保存项目：选择"文件"→"另存为"命令，或按快捷键 Ctrl+Shift+S，可将当前打开的项目以新的路径和文件名保存，原来的文件保持原来保存时的状态不变,如图 3-23 所示。

图 3-23　另存项目

（3）用不同的文件名称或目录保存当前项目的一个拷贝：选择"文件"→"保存副本"命令,如图 3-24 所示。

图 3-24　保存副本

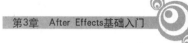

（4）恢复到上次保存时的状态：选择"文件"→"返回"命令，恢复到上次保存时的状态。

3.1.2 项目设置

通常情况下 After Effects 的项目设置都使用默认设置，也可以根据自己的需要对项目进行一些常规性的设置，选择"文件"→"项目设置"命令，或按快捷键 Ctrl＋Shift＋Alt＋K，可打开如图 3-25 所示的项目设置对话框。

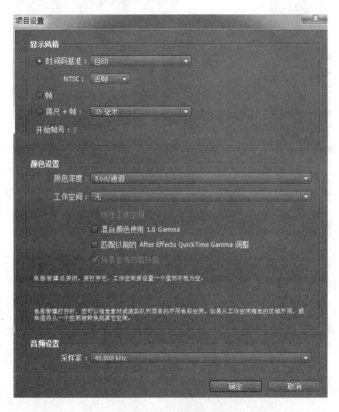

图 3-25　项目设置对话框

各项参数功能如下。

在"显示风格"栏下，可以对制作的视频所使用的时间基准进行设置。

时间码基准：决定时间单位的基准，电影胶片选择 24fps，PAL 或 SECAM 制视频选择 25fps，NTSC 制视频选择丢帧模式的 30fps，其他可选不丢帧模式的 30fps，如图 3-26 所示。

帧：按帧数计算。

英尺＋帧：用于胶片，计算各种胶片每英尺的帧数。16mm 胶片每英尺 16 帧，35mm 胶片每英尺 40 帧。

开始帧号：按数值框中输入的数值为时间显示基数，默认情况下为第 0 帧。仅在"帧"或"英尺＋帧"方式下才有效。

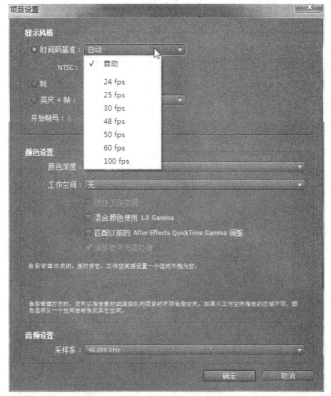

图 3-26　时间码基准

在"颜色深度"栏下，可以对项目中所使用的颜色深度进行设置。通常使用 8bit 颜色深度进行工作，导入 16bit 影像资料进行高品质影像处理。这对于处理电影胶片和高清晰度电视影片是非常重要的。在 16bit 的项目中导入 8bit 图像进行特效处理时，会导致一些细节的损失。

3.1.3　偏好设置

After Effects 允许用户依据个人偏好对主界面布局进行一些调整，使操作更加得心应手。偏好设置的方法是选择"编辑"→"参数"→"常规"命令，在弹出的"参数设置"对话框中，选择要设置的选项进行设置，如图 3-27 所示。

如果要转换到另一参数设置界面，可以在对话框中单击"前进"按钮显示下一参数设置界面，或单击"后退"按钮显示前一参数设置界面。

1. 常规

撤销次数限定：管理"恢复"功能所能恢复的步数。根据计算机内存大小，可任选 1～99 步。

显示工具提示：当选中此项时，在鼠标光标为"选择"的状态下，当将光标移动到各种工具图标上时，系统提示此工具的信息。

在合成组起始时间创建图层：控制是否以标签方式组织窗口，在选中该选项后，增加

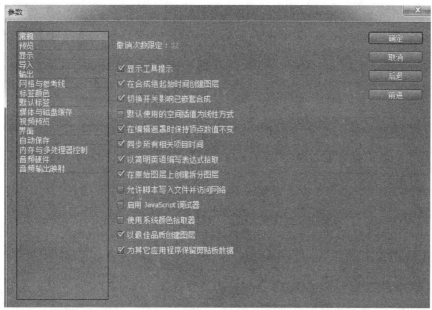

图 3-27 常规属性

窗口时，After Effects 会自动以标签形式将新增窗口放入同类窗口中。

切换开关影响已嵌套合成：使嵌套层的设置与调用嵌套层的"合成图像设置"同步。在调用嵌套层的合成图像中改变嵌套层的分辨率设置、图像质量设置、运动模糊和帧融合设置，嵌套层中的设置会同步变化。

默认使用的空间插值方式为线性方式：选中该选项后，在建立运动时，路径为直线；在默认的情况下，系统会以光滑或贝塞尔曲线作为运动路径。

在编辑遮罩时保持顶点数值不变：选中该选项后，可以确保在编辑遮罩动画时保持它的顶点数目。

同步所有相关项目时间：选中该选项后，可以使嵌套层或合成图像与它的调用层的时间线在不同的合成窗口中随时保持同步。

以简明英语编写表达式拾取：选中该选项后，在使用表达式进行属性捆绑时，允许使用简写英文编写表达式。

允许脚本写入文件并访问网络：选中该选项后，系统能够允许将脚本输出成文件或网络数据库。

启用 JavaScript 调试器：选中该选项后，将允许使用 JavaScript 程序调试器测试脚本。

2. 预览

预览设置主要是关于视音频的预览设置，如图 3-28 所示。

自适应分辨率限制：选中此项后，将允许动态交互预览。在层数或特效较多时，系统运行速度会降低，按住 Alt 键，可以拖动时间标尺进行预览，这样可以取消交互预览，只预览时间标尺最后停留处的帧；也可以使用时间线窗口中交互预览开关功能。

激活 OpenGL：交互预览加速开关，After Effects 6.0 之后的版本都增加了 OpenGL 图形加速引擎的支持。如果所使用的显卡带有 OpenGL 引擎，就可以进行纹理显存使用

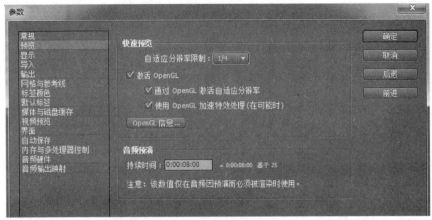

图 3-28　预览属性

情况的设置,这样会大幅度提高 After Effects 的预览速度。

在"音频预演"栏中,可以对音频预览方式进行设置。

持续时间:表示预览音频的持续时间。

3. 显示

显示设置可以进行运动路径关键帧与一些显示方面的设置,如图 3-29 所示。

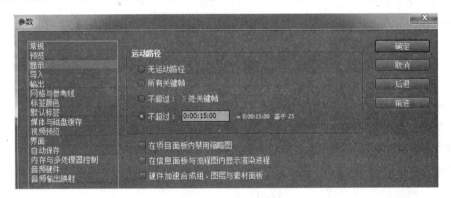

图 3-29　显示属性

无运动路径:不显示运动路径。

所有关键帧:显示所有关键帧。建议使用此项,用户可以从整体上对运动进行控制。

不超过(上):显示不超过数值输入框中设定的帧数。

不超过(下):显示不超过时间输入框中所设定时间的路径。

在项目面板内禁用缩略图:选中该项后,系统将会禁止在项目窗口中显示素材的缩略图。

在信息面板与流程图内显示渲染进程:选中该项后,在信息面板上将显示渲染的进度。

4. 导入

导入设置可以对素材导入的参数进行设置,如图 3-30 所示。

合成长度:选中该项后,在将导入的图片素材放到合成图像窗口时,After Effects 会

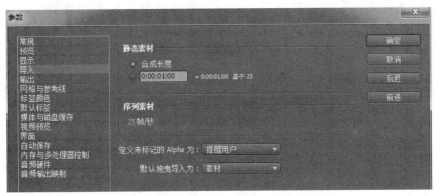

图 3-30　导入属性

将使用当前合成图像的时间长度作为图片素材在合成图像窗口中的长度。

输入时间：用户可以自定义设置图片素材的时间长度。

序列图片栏下的帧/秒：可以定义序列图片按多少的帧速率进行素材的导入，由于国内的电视采用的视频制式是 PAL 制，所以用户可以输入 25 帧/秒。

定义未标记的 Alpha 为：在下拉列表中，选择导入带有 Alpha 通道素材的通道类型，一般可以选择"提醒用户"选项，由系统来判断 Alpha 通道的类型。

默认拖拽导入为：可以将资源管理器中的文件直接拖动到项目窗口中。选中"脚本"选项后，在导入素材时，After Effects 会自动将该目录下的序列图片以序列方式导入到 After Effects 的项目窗口中；选中"合成"选项时，系统将会以目录的方式将素材文件导入到项目窗口。

5．输出

输出设置可以在输出文件占用磁盘空间比较大的情况下，对输出进行设置，如图 3-31 所示。

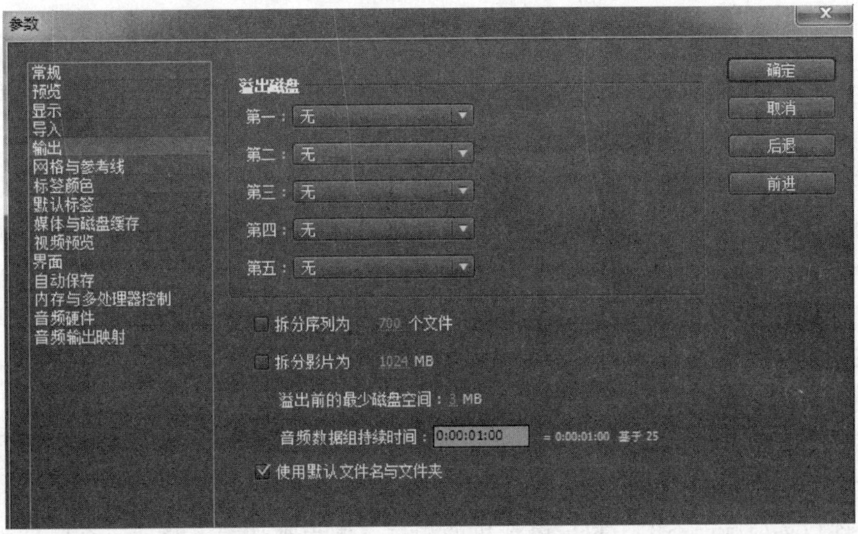

图 3-31　输出属性

在"溢出磁盘"栏下，可以选择 5 个硬盘的逻辑分区作为存放溢出的卷。After Effects 在渲染时，如果目标驱动器的空间满了，系统会根据设置自动寻找下一个驱动器继续存放。如果没有设置"溢出"，驱动器空间满后，After Effects 会自动停止渲染。

溢出磁盘：设置影片的存放位置。

拆分序列为：设置每部分存放文件的最大数据量。

溢出前的最少磁盘空间：设置当磁盘空间少于多少空间时，系统会使用下一个磁盘继续存储。

6. 网格与参考线

"网格与参考线"界面可以设置合成图像窗口中的辅助网格、参考线的颜色、线条样式等，从而为操作带来帮助，如图 3-32 所示。

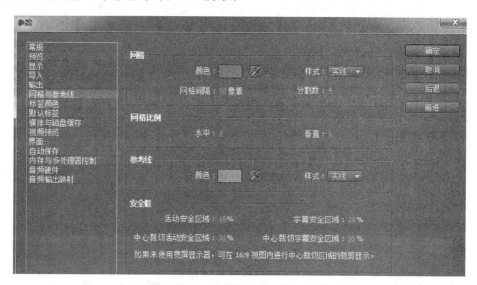

图 3-32　网格与参考线属性

在"网格"栏下，可以对辅助网格进行设置。

颜色：该选项可以设定辅助网格的颜色。

样式：设置辅助网格的线条样式，可以选择直线、虚线和点这三种显示模式。

网格间隔：该项可以以像素为单位，设置辅助网格的间隔值与单位。

分割数：该项可以设置细分辅助网格的数目。

在"网格比例"栏中，可以设置辅助网格水平与垂直的比例。

在"参考线"栏下，可以对参考线进行设置。

颜色：该选项可以设定参考线的颜色。

样式：设置参考线的线条样式，可以选择直线、虚线和点三种显示模式。

在"安全框"栏下，可以对合成图像窗口中的安全线进行设置。当在电视上播放时，在安全线以外的画面会因为超出电视机的扫描范围而被切掉。活动安全区域为图像安全线，字幕安全区域为标题文字安全线，如图 3-33 所示。

图 3-33 图像安全框

3.1.4 在项目中导入素材

在新建一个新项目之后,首先需要将工作中所需的素材导入项目窗口,可以通过多种方式导入素材:

1. 在项目窗口中导入素材

选择"文件"→"新建项目"命令,建立一个新的项目;在项目窗口空白处单击鼠标右键,选择"导入"→"文件"命令(也可以选择"文件"→"导入"命令);或者在项目窗口空白处双击鼠标左键直接导入素材文件,也可以通过这种方式直接导入整个文件夹,如图 3-34 所示。

图 3-34 导入文件夹

2. 连续导入素材

在项目窗口中单击鼠标右键,选择"导入"→"多个文件"命令,或者选中素材直接拖入项目窗口,在默认情况下图片按序列导入;若按住 Alt 键并用鼠标左键拖动文件夹,系统则以文件夹的方式导入窗口,如图 3-35 所示;序列文件是一种非常重要的素材来源,它是由若干幅按序排列的图片组成的文件,可以用来生成活动影像,每一幅图片代表一帧,可以通过"文件"→"导入"→"文件"命令导入序列图片素材,只需选中序列的第一张图片勾选中对话框下方的"JPEG 序列"(单击"打开"按钮即可导入该序列文件素材),如图 3-36 所示。

图 3-35　拖曳导入文件夹　　　　　图 3-36　导入序列图片

3. 导入 Premiere 项目文件

在 After Effects CS4 中可以直接导入 Premiere 的项目工程文件,系统会为它自动建立一个合成图像,以层的形式包含了 Premiere Pro 的全部片段,会在项目窗口中产生一个子文件夹,如图 3-37 所示;或选择"文件"→"导入"→"Adobe Premier Pro 项目"命令,导入 Premier 项目文件;如果 Pro 项目中含有库,则以子文件夹的形式出现。

4. 导入层文件

After Effects 可以直接导入 psd 或者 ai 等带有层的文件。在导入时可以选择导入的目标层,甚至可以以合并图层的方式导入,如图 3-38 所示。

在导入 Photoshop 的 psd 文件时,可以保留其所有信息,比如层信息、Alpha 通道、调节层、遮罩层等。导入的方式有两种:作为合成图像导入和作为普通素材导入。

在导入文件的对话框中选择要引入的层,将选中 psd 文件素材的其中一个层导入,单击"确定"按钮即可,如图 3-39 所示。当以合成图像导入时,选择"文件"→"导入"→"文件"命令选择需要的层文件,在"导入到"下拉菜单中选择"合成"命令。

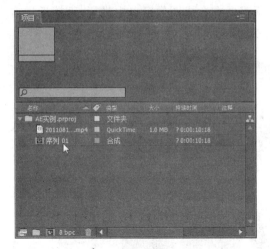

图 3-37　Premier Pro 文件

图 3-38　导入 psd 文件

在 After Effects 中导入 Illustrator 的 ai 文件时，要对其进行栅格化处理。After Effects 会自动将导入的 ai 文件中的空区域转化为透明区域，生成 Alpha 通道，文本信息会被转化成路径，文件的导入形式与 Photoshop 的 psd 文件相同。

5. 导入占位符

After Effects 可以用临时素材来代替实际素材进行工作。在打开项目时，如果未能找到工程文件中所使用的素材，After Effects 将会以丢失素材来标记未找到的素材，该素材内容将会以占位符来代替。在 After Effects 中，占位符以静态彩条图显示，导入方法是选择"文件"→"导入"→"占位符"命令，弹出的对话框如图 3-40 所示。

图 3-39　选择图层导入

图 3-40　导入占位符

3.1.5　在项目窗口中管理素材

After Effects 制作的影片一般是由图片、字幕文件和影片素材等几部分素材文件进行编辑合成而成的。在项目窗口中导入素材后，可以对所导入的素材文件进行素材管理,如查看、编辑、修改设置等操作,这些工作不需要在合成图像窗口中进行,直接运用前面所讲的知识在项目窗口中编辑即可,如图 3-41 所示。

图 3-41　创建代理

1. 设置项目窗口

名称:单击该选项,项目窗口中的文件将以名称为准排序。若要重命名素材文件,则选中合成图像或文件夹等素材,然后按 Enter 键,如图 3-42 所示,这时对象名称处于可编辑状态,输入新名称后,再次按 Enter 键确定。

图 3-42　重命名素材

标记:可以用不同的颜色标记来区分各种属性的素材文件。选择某素材,单击该颜色标记按钮,项目窗口中的素材文件颜色标记可以自由设置,如图 3-43 所示。也可以对项目窗口中多个素材进行颜色标记设置,在项目窗口中,配合 Ctrl 键选中需要改变颜色标记的素材文件,然后单击右键,在弹出的下拉列表中选择要设置的颜色标记即可,如图 3-44 所示。还可以根据颜色标记来选取项目窗口或时间线窗口中的素材,在项目窗口或时间线窗口中,从需要选择的颜色标记中选取一个素材,选择“编辑”→“标签”→“选择标签组”命令,则所有与该素材颜色相同的素材也会被选中,如图 3-45 所示。

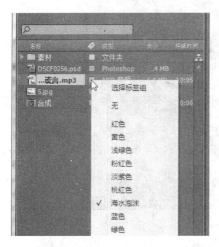

图 3-43　单个素材颜色标记

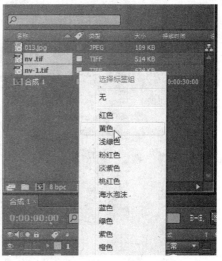

图 3-44　多个素材颜色标记

图 3-45　标记素材选择

类型：使项目窗口中的文件按类型进行排序，如图 3-46 所示。

大小：使项目窗口中的文件按大小进行排列，如图 3-47 所示。

持续时间：使项目窗口中的文件按持续时间进行排列，如图 3-48 所示。

文件路径：使项目窗口中的文件按文件路径进行排序，如图 3-49 所示。

注释：单击"注释"栏，将出现文本输入框，可在其中输入注释文本，如图 3-50 所示。

"名称"选项不可改变位置，始终在最前端。

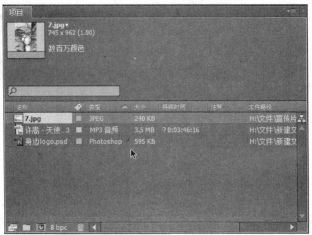

图 3-46 类型排列方式

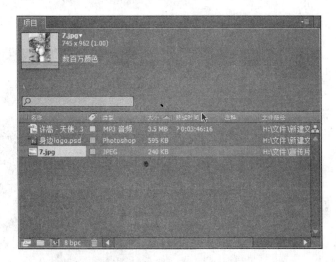

图 3-47 大小排列方式

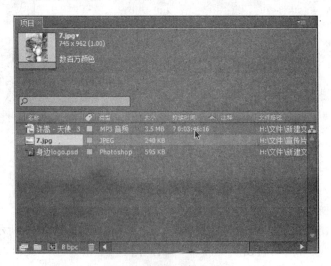

图 3-48 持续时间排列方式

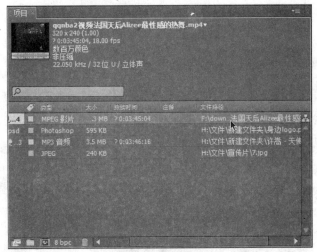

图 3-49　文件路径排列方式

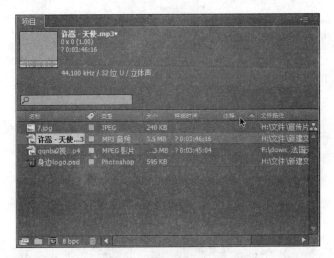

图 3-50　注释排列方式

2. 查看导入的素材

通过打开素材窗口,既可以以完整尺寸查看任何出现在项目窗口中的影片或图形等,也可以以不同的缩放比率来查看素材和独立的帧信息,只可以查看素材而不能对素材进行任何处理。双击项目窗口中的素材文件,在默认情况下,图像合成窗口会切换成素材窗口打开相应的素材,如图 3-51 所示。

如果编辑素材时,项目是打开的,可以重新调入素材文件修改的版本,单击项目窗口中素材的名称栏,按 Ctrl＋Alt＋L 组合键激活素材文件,如图 3-52 所示。

3. 设置素材的帧率

打开项目,引入多张图片素材的静态图片序列,指定其帧速率为 5fps,将项目窗口中的素材选中;选择"文件"→"定义素材"→"主要"命令,或按 Ctrl＋Alt＋G 组合键,在弹出的窗口中可以改变帧率,如图 3-53 所示。

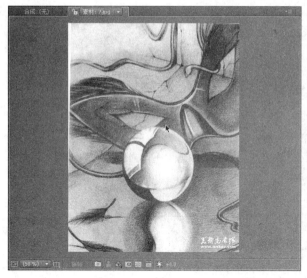
图 3-51 素材图像窗口

图 3-52 激活素材

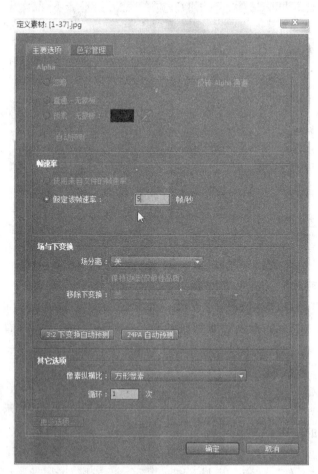
图 3-53 定义序列素材

注：如果从一个交错视频素材中移去3：2下拉模式，After Effects 自动将帧速率设置为原速率的 4：5；如果是从 NTSC 视频中移去 3：2 下拉模式，帧速率为 24fps，如图 3-54 所示。

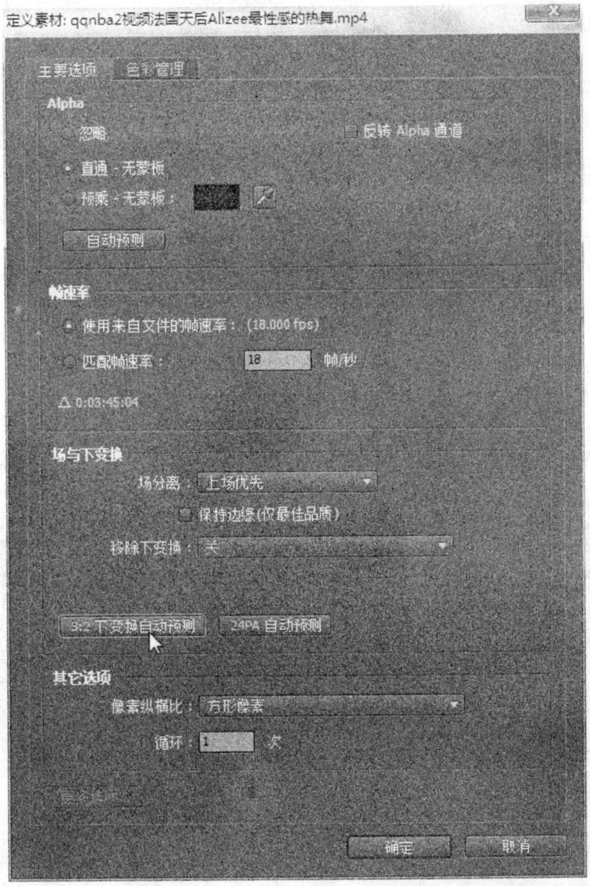

图 3-54　3：2 自动预测

4. 素材循环

在项目窗口中显示可视素材，只需在 After Effects 中设置循环次数即可，如图 3-55 所示。

5. 解释素材设置

如果要保证不同的素材使用相同的解释设置，可以从一个素材中拷贝设置参数，再应用到其他的素材中。选择需要应用解释设置的素材后，可选择"文件"→"定义素材"→"记住定义"命令，或单击鼠标右键，选择"定义素材"→"记住定义"命令，如图 3-56 所示；或按 Ctrl＋Alt＋C 组合键。选择项目窗口中一个或多个素材，可选择"文件"→"定义素材"→"应用定义"命令，或单击鼠标右键，选择"定义素材"→"应用定义"命令，或按 Ctrl＋Alt＋V 组合

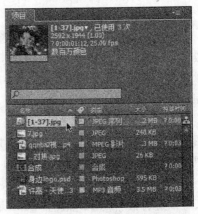

图 3-55　循环使用素材

键,将素材设置应用在所选素材中,如图 3-57 所示。

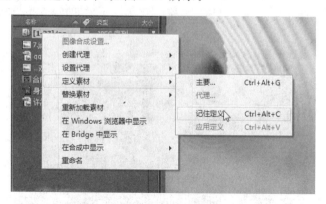

图 3-56　记住定义

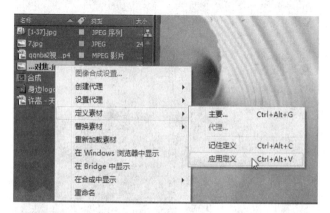

图 3-57　应用定义

3.2　合成图像窗口

3.2.1　认识合成图像窗口

在 After Effects 中,要在一个新项目中编辑、合成影片,首先要产生一个合成图像,也就是将来要输出的影片。在合成图像中,通过对各种素材进行编辑、合成使影片的图像效果丰满起来。图像合成窗口中所得的这些图像主要是在时间线窗口中对图层进行编辑产生的,如图 3-59 所示。

合成图像以时间和层的概念进行工作,它可以有任意多个图层,还可以将一个合成图像添加到另一个合成图像中作为层来使用。当一个合成图像建立后,会打开一个合成图像窗口和与其对应的时间线窗口,在这两个窗口中进行节目的编辑合成工作。After Effects 允许一个工作项目中同时运行若干个合成图像。每个合成图像既可以独立工作,又可以进行嵌套使用,如图 3-60 所示。

所谓合成图像嵌套就是将一个合成图像作为另一个合成图像的素材来使用。通过

图 3-58　合成窗口

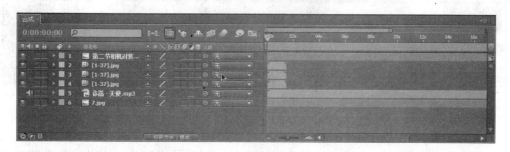

图 3-59　层管理

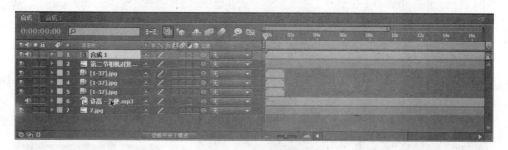

图 3-60　嵌套使用

　　合成图像的嵌套,可以有层次地组织项目,并且完成很多特殊的效果,能够创造一些充满动感的真实生动的动画。

　　图 3-61 中从左到右的按钮分别是:总是预览该项视图、放大比例弹出、选择网格线与参考线选项、显示遮罩、当前时间、获取快照、显示最后快照、显示通道及色彩管理设置、分辨率、目标兴趣范围、开关透明栅格、3D 视图、选定视图方案、开关像素纵横比校正、快速预览、时间线、合成流程图、重置曝光、曝光调整。

　　总是预览该项视图:选中该项后,图像窗口总是显示当前编辑的图像效果。

图 3-61　合成窗口工具栏

放大比例弹出：可以根据用户的实际需要调整视图比例,快捷操作是鼠标左键单击合成窗口,滚动鼠标中键,如图 3-62 所示。

选择网格线与参考线选项：该选项包含字幕/活动安全框、栅格比例、栅格、参考线、标尺、3D 参考坐标。可同时选中多项,但字幕/活动安全框和栅格比例这两个选项不能同时勾选,如图 3-63 所示。

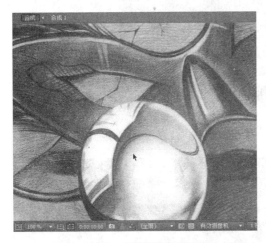

图 3-62　图像缩放比例

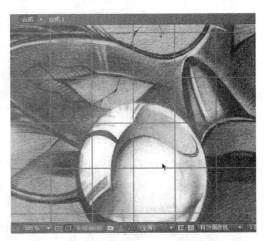

图 3-63　比例栅格

显示遮罩：单击该按钮,合成窗口中将会激活显示遮罩路径,如图 3-64 所示。

当前时间：所显示时间为当前时间指示器所在位置,单击"当前时间"按钮,弹出跳转时间对话框,可快速设置当前时间指示器的位置,如图 3-65 所示。

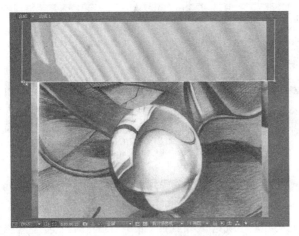

图 3-64　显示遮罩

图 3-65　跳转时间

获取快照：单击该按钮便可获取当前时间指示器所在位置的单帧图片,相当于照相机功能。

显示最后快照：单击该按钮，合成窗口便显示最后获取快照的单帧图片。

显示通道及色彩管理设置：选项包含 RGB、红、绿、蓝、Alpha、RGB 直接、变色等，默认为 RGB，当激活某个通道时，窗口仅显示当前通道效果，且显示通道颜色边框，如图 3-66 所示。

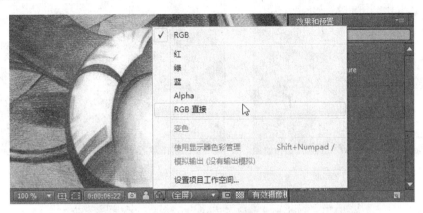

图 3-66　色彩及通道

分辨率：该选项包含自动、全屏、1/2、1/3、1/4 和自定义，默认状态下为自动。单击该按钮，在弹出的下拉菜单中可以选择合成图像分辨率，高分辨率可以显示更清晰的图像，低分辨率可以快速显示合成，但图像的质量较差，各种分辨率的图形效果如图 3-67～图 3-71 所示。

目标兴趣范围：激活该按钮，可以在合成图像窗口中定义一个矩形区域。系统仅显示矩形区域内的内容，这样可以加速预演通道速度，提高工作效率，如图 3-72 所示。

开关透明栅格：在激活透明栅格的情况下，图像合成窗口中的空白处在没有图层的情况下为透明栅格，如图 3-73 所示。

图 3-67　全屏

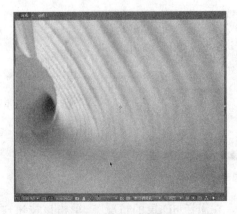

图 3-68　1/2 分辨率

图 3-69　1/3 分辨率

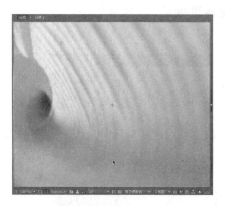

图 3-70　1/4 分辨率

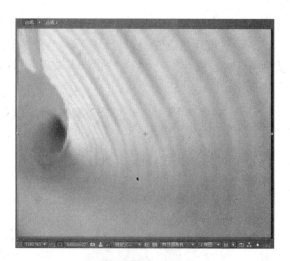

图 3-71　自定义分辨率

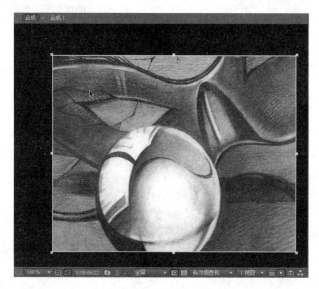

图 3-72　激活兴趣范围

图 3-73　透明栅格比对

　　3D 视图：该项仅在当前层为 3D 层时有效。在激活 3D 层的情况下，单击该按钮，在弹出的下拉菜单中选择合成图像的显示视图，改变视图就可以通过不同的视图进行透视观察,包含有效摄像机、顶视、底视、前视、后视 、左视和右视和三个自定义视图等,如图 3-74～图 3-80 所示。

图 3-74 有效摄像机

图 3-75 前视图

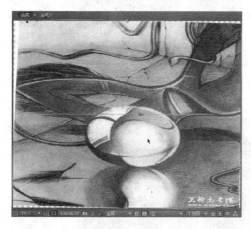

图 3-76 左视图

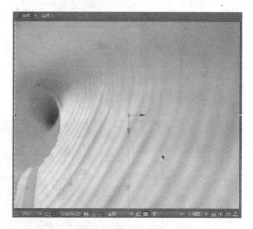

图 3-77 顶视图

图 3-78 后视图

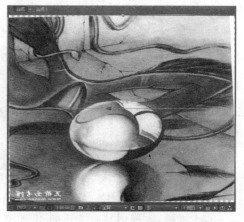

图 3-79 右视图

选定视图方案：单击该按钮,在弹出的下拉菜单中包含单个视图、2 视图-左右、2 视图-上下、4 视图、4 视图-左、4 视图-右、4 视图-上、4 视图-下和共享视图选项,默认为单个视图。

- 单个视图：在默认情况下,图像合成窗口的视图为单个视图,只显示当前摄像机的视图,如图 3-81 所示。

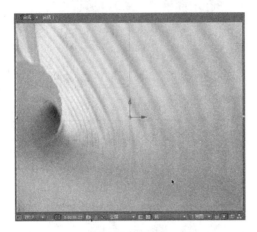

图 3-80 底视图　　　　　　　　　　图 3-81 单个视图

- 2 视图：图像合成窗口中显示两个视图,双视图分左右和上下两种显示模式,如图 3-82 和图 3-83 所示。

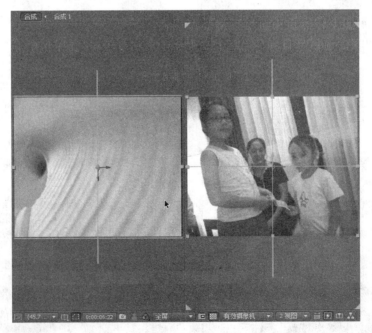

图 3-82 2 视图-左右

- 4 视图：4 视图共有 4 视图、4 视图-左、4 视图-右、4 视图-上、4 视图-下这 5 种显示模式,每种模式的显示风格都不同,如图 3-84～图 3-88 所示。

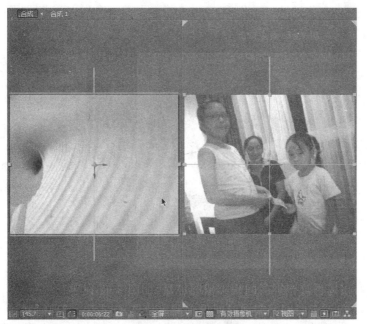

图 3-83　2 视图-上下

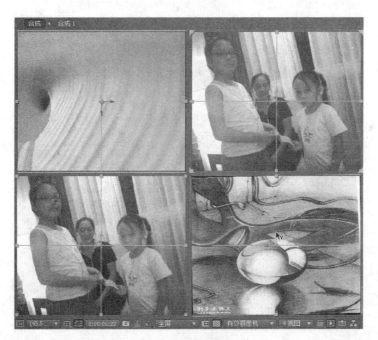

图 3-84　4 视图

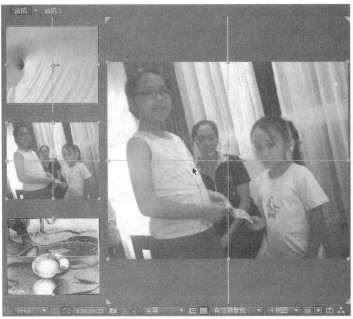

图 3-85　4 视图-左

图 3-86　4 视图-右

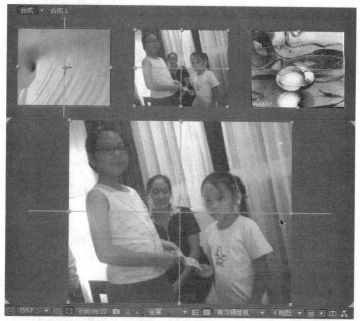

图 3-87　4 视图-上

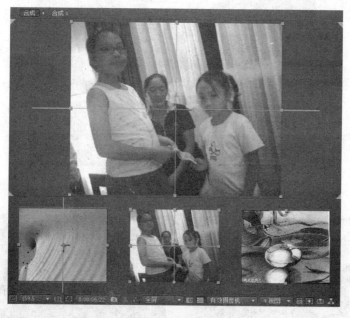

图 3-88　4 视图-下

　　开关像素纵横比校正：单击该选项，合成视图将保持素材原来的像素纵横比，再次单击该按钮将取消保持像素纵横比，如图 3-89 和图 3-90 所示。

　　快速预览：该按钮包括关、线框图、自适应分辨率-OpenGL 关闭、OpenGL-交互式、OpenGL-总是开启等选项，系统会根据用户所选用的预览模式显像，如图 3-91～图 3-95 所示。

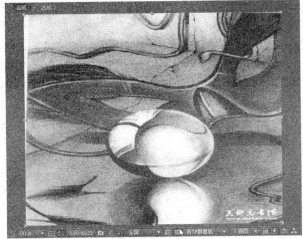

图 3-89　激活保持像素纵横比

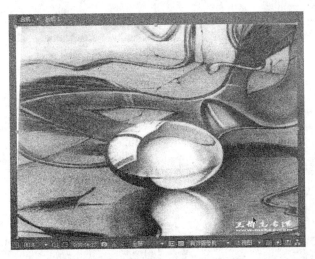

图 3-90　取消保持纵横比

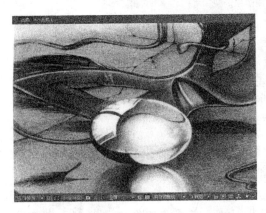

图 3-91　取消快速预览

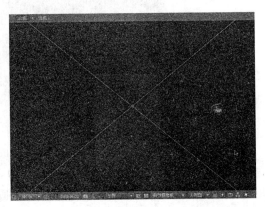

图 3-92　线框图

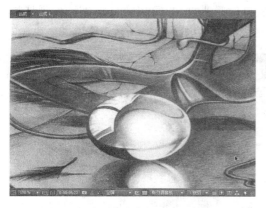

图 3-93　自适应分辨率-OpenGL 关闭

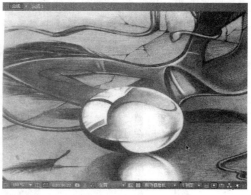

图 3-94　OpenGL-交互式预览

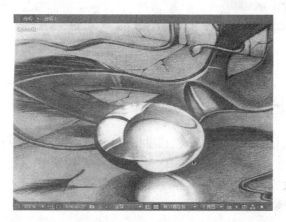

图 3-95　OpenGL-总是开启预览

时间线：单击该选项，活动编辑窗口可快速返回时间线窗口编辑状态。

合成流程图：显示项目合成的流程次序，单击后打开合成图像对应的流程图视窗，如图 3-96 所示。

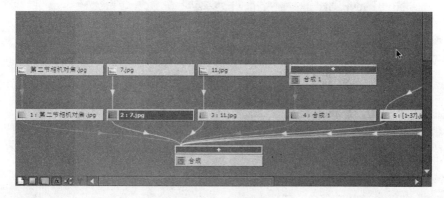

图 3-96　合成流程图

重置曝光：仅在曝光调整不为零时才可用，单击重置曝光按钮，图像合成的曝光值会快速恢复为 0。

曝光调整：单击该选项可快速设置合成窗口的曝光度，也可以将鼠标光标移到该按钮单击左键并左右移动鼠标，从而快速选择合适的曝光度，如图 3-97 所示。

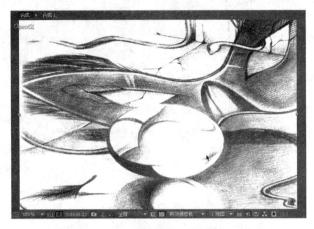

图 3-97　曝光调整

3.2.2　建立合成图像

建立一个新的项目后，要利用导入的素材进行工作，就要建立一个合成图像，在建立新的合成图像时，如果没有在合成图像设置对话框中改变设置，则新的合成图像使用上次建立合成图像的设置，如图 3-98 所示。建立合成图像后，可以在任何时候修改其设置，但要记住一点：改变帧尺寸或像素比可能会影响最终影片，所以应尽早改变其设置。

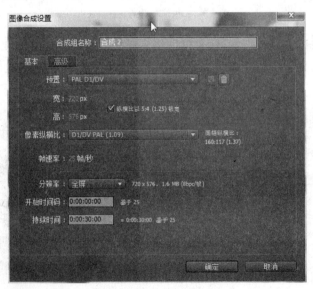

图 3-98　创建合成

调节图像合成设置对话框中的参数能使影视后期的工作更加简便。

合成组名称：在编辑框里输入合成的名称，便于识别和分类，使操作更加简便。

预置：单击预置框的倒三角，在弹出的下拉菜单中选择合适的电视制式，一般默认选择 PAL 制，制作高清影片可选择 HDV 1080 25 制式，各种选项如图 3-99 所示。

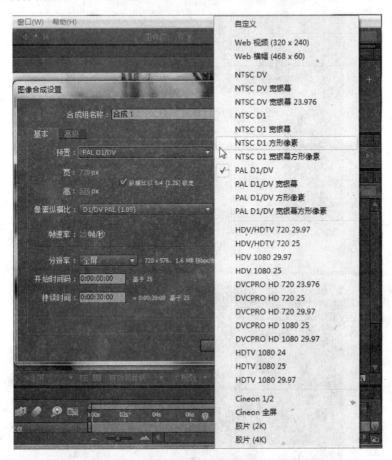

图 3-99　预置项目合成

宽、高：在这两个选项中输入数值，影片的分辨率将采用自定义制式，其帧速率仍为上面预置所选用制式的帧速率。

像素纵横比：单击该选项右边的倒三角，在弹出的下拉菜单中选择合适的像素纵横比，如图 3-100 所示，计算机显示为方形像素。

帧速率：单击该选项，在输入框中输入数值，可自定义影片的帧速率。

分辨率：在该选项中选择图像合成预览的分辨率，选择合适的预览分辨率能节省预览渲染的时间。

开始时间码：定义影片开始的时间位置。

持续时间：在该选项中输入影片时间长度，格式为：时：分：秒：帧。

删除/添加：删除当前合成设置参数，系统将会删除预置中的制式选项。单击图 3-101 中光标所指的"删除"按钮，将会弹出对话框提醒是否要删除（谨慎使用）；创建自定义预置模板，用户可以自定义设置影片的分辨率、帧速率等相关参数，将自定义预置模板作为模板添加到预置选项中，在下一次使用时可直接调用模板，单击删除按钮左边的合成项目自定义预置按钮即可创建模板。

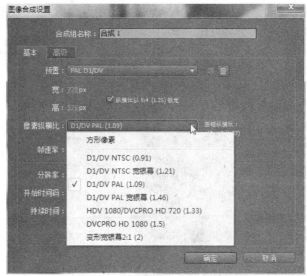

图 3-100 像素纵横比

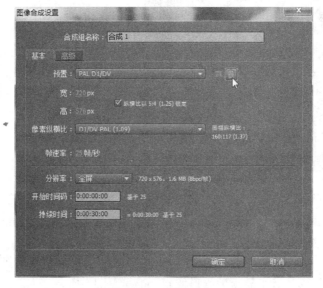

图 3-101 删除预置制式

新建合成有多种方式:

- 选择"图像合成"→"新建合成组"命令,如图 3-102 所示。
- 在项目窗口空白处单击右键,在弹出的快捷菜单中选择"新建合成组"命令,如图 3-103 所示。
- 在项目窗口下方单击 按钮即可新建一个合成组。
- 最快捷的方法就是使用快捷键,按 Ctrl+N 组合键即可新建图像合成。

下面通过一个例子来认识一下图像合成组的建立。

启动 After Effects 软件,在项目窗口空白处单击右键,在弹出的快捷菜单中选择"新建合成组"命令。

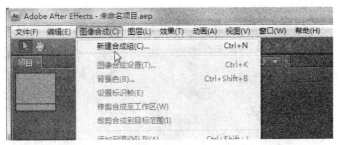

图 3-102 创建合成

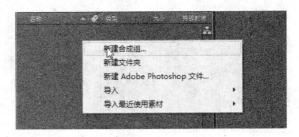

图 3-103 快捷菜单命令

在弹出的对话框中设置合成名称,命名为"合成",预置选择 PAL D1/DV,持续时间为 30 秒,如图 3-104 所示。

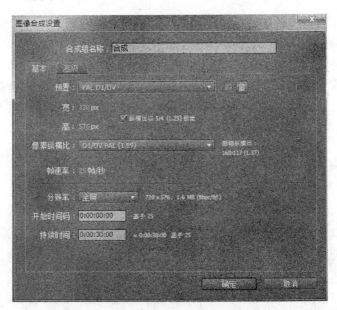

图 3-104 新建合成组

设置完成后单击"确定"按钮。

如果需要进行高级设置,可在该设置对话框中切换至"高级"选项卡,然后进行设置,如图 3-105 所示。

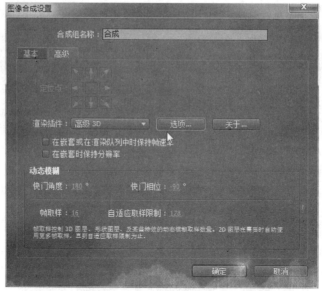

图 3-105　高级设置

3.2.3　在合成图像窗口中加入素材

在 After Effects 中可以通过将素材拖入合成图像窗口的方式为合成图像加入素材层。这种方法的好处是可以改变素材在合成图像窗口中的位置。

首先在时间布局视窗中拖动当前时间标记到所需时刻,及新添加素材的开始时刻。

在项目视窗中选中要添加的素材,将其拖动到合成图像视窗中的合成图像上即可。

另一种方法就是:在项目窗口中选择所要添加的素材,将选中的素材拖到时间线窗口中即可。

3.3　时间线窗口

时间线窗口是 After Effects 图像特效合成的最重要窗口之一,在时间线窗口中可以调整素材层在合成图像中的位置、素材长度、叠加方式、合成图像的范围以及层的动画和各种效果。

时间线窗口包括三大区域:位于时间线窗口左边的控制面板区域,右边的层区域以及层区域上方的时间线区域,如图 3-106 所示。

3.3.1　时间线区域

时间线区域包括时间标尺、时间指示器、时间导航以及工作区域。时间线区域是时间线窗口的工作基准,承担着指示时间的任务。

时间线区域

控制面板区域   层区域

图 3-106　时间线窗口

时间标尺：显示时间信息。在默认状态下，时间标尺由零开始计时。默认为时间码基准显示时间，可以在项目设置中改变时间标尺的计时位置，如图 3-107 所示。

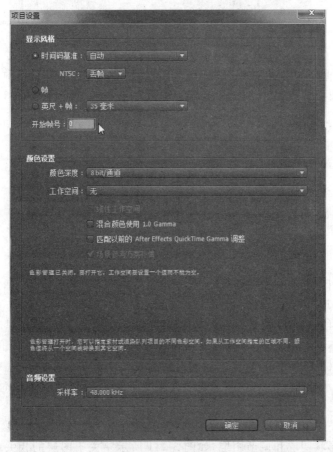

图 3-107　更改开始帧号

时间指示器：用来指示时间位置。选中时间指示器，按住鼠标左键在时间标尺上左右拖动，可以改变时间指示器所在的时间位置，如图 3-108 所示，图像合成窗口将会显示当前时间的图像效果。

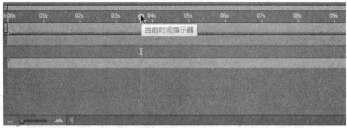

图 3-108　拖动时间指示器

时间导航：利用导航视图可以使用较小的时间单位来进行显示。调节时间导航有利于对图层进行精确的时间定位，如图 3-109 所示。

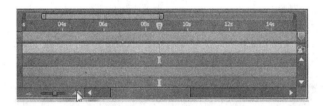

图 3-109　时间导航

工作区域：指出预览和渲染合成图像的区域。可以通过输出设置中的设定来指定系统渲染全部合成图像或工作区域内合成图像，便于节省预览时间，如图 3-110 所示。

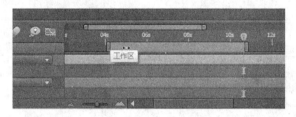

图 3-110　工作区域

3.3.2　层工作区域

在 After Effects 中，图层是一个非常重要的核心概念，无论是创作动画还是进行特效的处理都离不开图层，因此掌握图层的基本操作技巧是进行 After Effects 创作编辑的重要基础。如果处于上方的图层上没有像素就可以看到底下的图层。在二维工作模式中，总是优先显示处于上方的图层。当该图层中有透明或半透明区域时，将根据其透明度来显示下方的图层。

After Effects 中的图层大体分为 8 类：音频图层、文字层、固态层、照明层、摄像机层、空物体层、形状图层和调节图层，如图 3-111 所示。关于图层的相关内容将会在下面作详细介绍。

1. 层的复制操作

在 After Effects 中，层是一种被广泛运用、操作十分方便的工具。在 After Effects 中所进行的大部分操作其实都是对各式各样的层进行的操作，如移动、旋转、制作蒙版

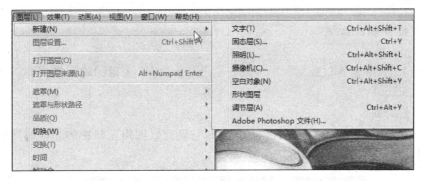

图 3-111　图层

等。层的引入给合成特效的编辑带来了极大的方便,可以在某一层上进行任意操作,不必担心由于疏忽所导致的错误操作而引起其他层的改变。选中所要创建的层,按 Ctrl＋D 组合键复制粘贴选中的图层,如图 3-112 所示。

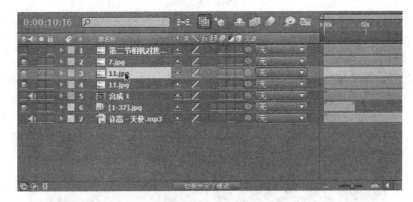

图 3-112　创建图层

2. 创建新层

图层的创建非常简单,用鼠标拖动项目窗口中的素材文件到合成图像窗口或时间线窗口中,即可创建一个新的图层,如图 3-113 所示。

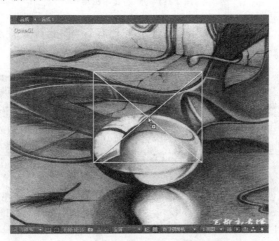

图 3-113　创建新图层

3.3.3 其他控制面板区域

After Effects 是通过控制面板区域对层进行控制的,大量的编辑操作都将在这个区域中完成。

1. 当前时间

控制区域面板左上方显示的是当前时间,它同合成图像窗口中的当前时间显示的时间特征是一样的,如图 3-114 所示。

图 3-114　当前时间

2. 素材特征描述面板

可以在这个面板中对影片进行隐蔽和显示等操作。

(1)视频:如图 3-115 所示,用于设置是否显示素材图像,此开关在合成图像中显示或隐藏层。

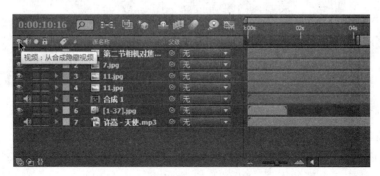

图 3-115　隐藏/显示图层

(2)音频:如图 3-116 所示,用于设置是否具有音频,此开关使合成图像在预演和渲染时,使用或忽略音频轨道。

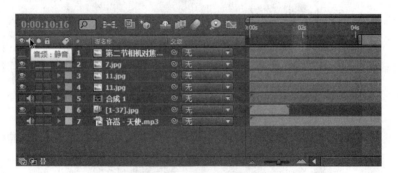

图 3-116　启用/禁用音频

（3）独奏：如图 3-117 所示,选择该项后,合成图像窗口中显示当前层。但如果同时有多个层次时,打开独奏开关,合成图像会显示所有打开独奏开关的层。

图 3-117　独奏图层

（4）锁定：如图 3-118 所示,用于设置是否锁定素材,此开关锁定或打开一个层。如果锁定一个层,该层将禁止用户操作。

图 3-118　锁定图层

3. 开关面板

（1）退缩开关：如图 3-119 所示,该开关可以将层标识为退缩状态,在时间线窗口中隐藏图层,但该层仍可以在合成图像窗口中显示。选中需要退缩的图层前面的退缩开关按钮,该开关将变为退缩状态。

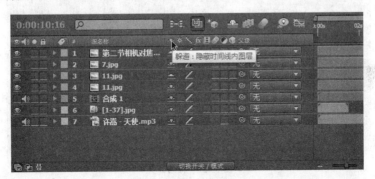

图 3-119　退缩开关

（2）卷展变化、连续栅格开关：如图 3-120 所示,该开关控制嵌套合成图像的使用方法和对 Adobe 的矢量文件进行栅格化的操作,将其转化为像素图像。当层是一个合成图像时,打开该开关可以改进图像质量,减少预演和渲染时间。该开关不能用在应用了遮罩或效果的合成图像层上,不论图像尺寸如何,软件仅以需要的分辨率显示图像。

（3）质量开关：如图 3-121 所示,草图质量在显示和渲染层时,不使用反锯齿和子像素技术,并忽略某些效果,图像比较粗糙;全屏为最高质量,在显示和渲染层时,该模式使用反齿和子像素技术,并应用一切效果,这样图像质量最好,但需要大量时间计算。

（4）特效开关：如图 3-122 所示,该开关可以打开或关闭应用于层的特效,用户可以通过关闭特效来加快预览时间。(注意,该开关只对使用了特效的层有效。)

图 3-120　卷展变化

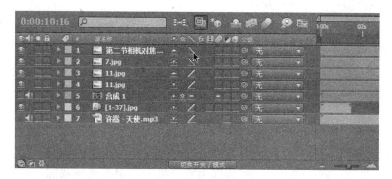

图 3-121　质量开关

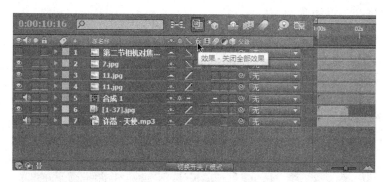

图 3-122　特效开关

（5）帧融合开关：如图 3-123 所示，打开该开关可以为素材应用帧融合技术。当素材的帧速率低于合成图像的帧速率时，After Effects 通过重复显示上一帧来填充缺少的帧。这时运动图像可能会出现抖动，通过帧融合技术可以在帧之间插入新帧来平滑运动；当素材的帧速率高于合成图像的帧速率时，After Effects 会跳过一些帧，但这时也会出现运动图像抖动的现象，通过帧的融合技术可以重组帧来平滑运动。（注意，使用帧融合技术将会耗费大量的计算时间。）

（6）运动模糊开关：如图 3-124 所示，利用这一技术可以模拟真实的运动效果。运动模糊开关基于合成图像中层的运动和指定的快门角度而产生真实的运动模糊效果。（注意，运动模糊效果只会对合成图像中的层的运动有效，而对素材内容是无效的。）

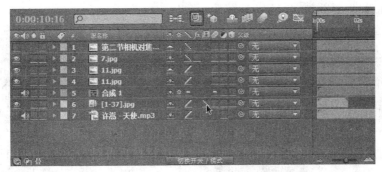

图 3-123　帧融合开关

图 3-124　运动模糊开关

（7）调节层开关：如图 3-125 所示，可以利用调节层开关将一个素材层转换为调节层。用户可以在合成图像中建立一个调节层来为其他层应用一些效果，在调节层上关闭调节层开关，该调节层就会显示为一个白色固态层。

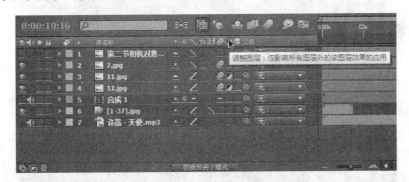

图 3-125　调节层开关

（8）3D 层开关：如图 3-126 所示，打开该开关，系统就会将当前层转换为 3D 层，这样就可以在三维空间中进行操作。

（9）父级：如图 3-127 所示，用户可以在此栏中为当前层指定一个父层，对父层进行操作时，当前层也会随之变化。

（10）关键帧：After Effects CS4 为用户提供了一个关键帧导航器。当用户为层设置关键帧后，系统会在该层的属性栏中显示关键帧导航器，用户可以在其中增加、删除和搜索关键帧,如图 3-128 所示。

图 3-126 3D 层开关

图 3-127 建立父级关系

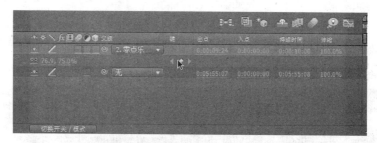

图 3-128 设置关键帧

(11) 出点:主要用来查看或改变层在合成图像中的出点,如图 3-129 所示。

图 3-129 调节出点时间

(12) 入点:如图 3-130 所示,主要用来查看或改变层在合成图像中的入点。在入点栏中单击所要设置的层的数值区域,将弹出"图层入点时间"对话框,用户可以精确地控制层在合成图像中的入点。

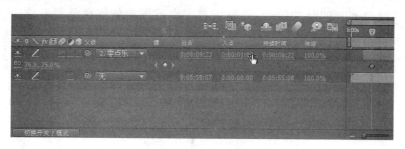

图 3-130 调节入点时间

（13）持续时间：如图 3-131 所示，主要用来查看或改变层的持续时间。改变层的持续时间后，其播放速度也会随之改变。

图 3-131 调节持续时间

（14）伸缩：如图 3-132 所示，主要用来伸缩层的时间。用户可以在其中改变层的播放速度。

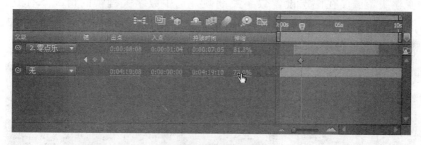

图 3-132 调节伸缩时间

（15）注释：用户可以在注释面板中输入对层的注释，方便识别，如图 3-133 所示。

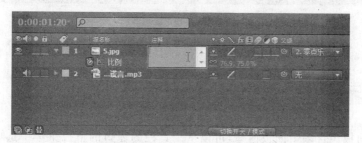

图 3-133 注释图层

4. 开关按钮

时间线窗口上方的开关按钮,控制了整个合成图像的效果是否有效,它与开关面板中的开关功能是相同的,但是面向的对象却是不同的。也就是说当打开一个层的某个效果开关后,必须将合成对象的对应效果开关打开,这样效果才能生效,如图 3-134 所示。

图 3-134　开关按钮

开关按钮包括当前时间、搜索、合成为流程图、交换预览开关、3D 草图开关、隐藏退缩层开关、帧融合开关、运动模糊开关、变化决策、图形编辑器。

(1)交换预览开关:在时间线窗口中拖动时间指示器浏览影片内容时,在拖动时间指示器的同时,系统就会实时更新影片内容,进行交换预览。关闭该开关,再拖动时间指示器时,系统将不会更新。只有当停止拖动后,系统才会显示当前帧的内容。

(2)3D 草图开关:打开该开关,系统将会在 3D 草图模式下工作。但忽略所有的灯光照明、阴影、摄像机深度场模糊等效果。

(3)隐藏退缩层开关:隐藏开关面板中标记为退缩的层。

(4)帧融合开关:激活它可以使帧融合开启。合成图像窗口和时间线窗口中的"帧融合"菜单命令与此开关的作用相同。

(5)运动模糊开关:激活它可以使运动模糊开启。合成图像窗口和时间线窗口菜单中的"运动模糊"命令与此开关的作用相同。

(6)变化决策:仅在图层设置数字关键帧并选中数字关键帧的情况下有效。

(7)图形编辑器:单击该按钮,时间线窗口中将出现图形编辑窗口,如图 3-135 所示,在编辑框中可编辑各种动画特效。

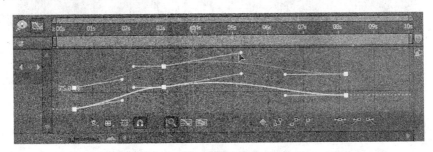

图 3-135　图形编辑器

3.4　状态栏面板

状态栏面板包含多个面板窗口,可以从工具栏的窗口的下拉菜单中选中所要显示的面板,这里简单地介绍其中几个比较常用的面板。

1. 信息面板

信息面板是用来描述合成图像信息的。在信息窗口中共有 6 个参数,分别是:R、G、B、A、X、Y,其中 R、G、B、A 四个参数用来描述合成图像各个通道的参数,而 X、Y 用来描述当前表达式的信息在窗口中的具体位置。在合成窗口中移动鼠标光标,信息面板的参数就会发生相应的改变,如图 3-136 所示。

2. 预览控制台

预览控制台(如图 3-137 所示)是用来设置预览参数的。通过编辑预览控制台的参数可以改变项目的帧速率及分辨率等设置。单击控制台的第一行按钮可进行预览控制。

图 3-136 信息面板

图 3-137 预览控制台

3. 效果和预设面板

特效和预设面板(如图 3-138 所示)是用来为图像合成添加效果的操作面板,其功能与工具菜单栏的"效果"相同。

图 3-138 效果和预置面板

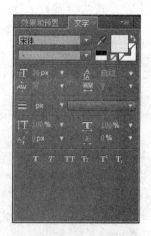

图 3-139 文字面板

4. 文字面板

文字面板(如图 3-139 所示)是用来辅助文字图层的,通过修改文字面板的参数可以使文字效果满足用户的需要。

5. 音频面板

音频面板(如图 3-140 所示)显示播放时的音量级别,其功能是调节所选层的左右声道的音量,利用时间线窗口和音频面板,可以为音量设置关键帧,进行音效控制。

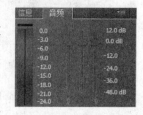

图 3-140 音频面板

3.5　图层

3.5.1　层的概念

使用过图像处理软件的人对层的概念都不会感到陌生。在 Photoshop、Illustrator、Painter 等软件中也有层的设置，甚至在 Maya、Lightwave 等三维软件中也有层的概念。通过层的区分和管理可以轻易地分开不同的图像元素，从而可以对它们施加不同的效果。同时图层也是 Affer Effects 的核心，是构成合成图像的基本组件。在合成图像窗口中添加的素材都将作为层使用。

Affer Effects 中的层设置基本和 Photoshop 中的层相同，可以把 Affer Effects 理解成"动态的 Photoshop"。这样便可以更快地掌握活动影像的处理方法。在 Affer Effects 中，每个素材作为独立的一层，当素材被从项目窗口拖动到时间线窗口的时候，它才真正参与了合成。同时 After Effects 引入了固态层、文字层、调节层、引导层、空白对象、照明层和摄影机层等概念，目的就是在层的概念之下使属性调节方式统一。

（1）固态层：固态层就是一种单一颜色的层，相当于基础层，颜色可调整，大致和 Photoshop 的图层的概念相同，因为在没有视频层和图片层的时候，要做的特效都必须做到固态层之上。按快捷键 Ctrl＋Y 即可创建固态层；要改变这个层的颜色时可按快捷键 Ctrl＋Shift＋Y，如图 3-141 和图 3-142 所示。

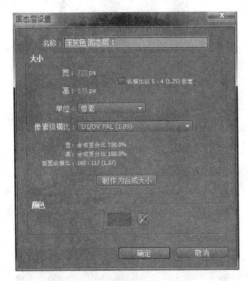

图 3-141　固态层设置

图 3-142　固态层

（2）文字层：如图 3-143 所示，单击工具栏里面的 T 按钮，在画面中单击一下或框选就会自动建立新文字层，与 Photoshop 里文字的创建方式相似。可以利用文字层做一些简单的文字效果和文字标题。

（3）素材层：素材层主要是从外部导入到 After Effects 软件中，然后添加到时间线窗口中形成的层或者合成窗口中的素材形成的层。文字层、固态层等也可以称为素材层，如图 3-144 所示。

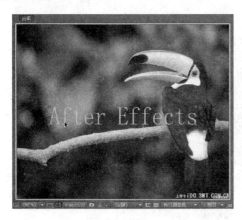

图 3-143　文字层

图 3-144　素材层

（4）调节层：调节层一般用来添加特效，调节层上的特效会作用于它之下的所有图层，因此就不必为下面的层逐一添加特效，方便用户制作影片。比如想调整图像的整体色调或整体亮度，只需要将调节图层放到最上面，并为其添加特效即可，如图 3-145 所示。

（5）引导层：在合成面板中从现有的层创建引导层作为参照，帮助用户定位和编辑元素。例如，可以将引导层作为视觉参照、音频定时、时间编码参照或者注释。

图 3-145　调节层

（6）空白对象层：虚拟物体应用的地方很多，但都和"变换"有关，简单的应用就在于父子关系物体，也可以看成了几个层成一组，所有变换都统一，并且在最简洁的显示方式下激活是有益的，如图 3-146 所示。

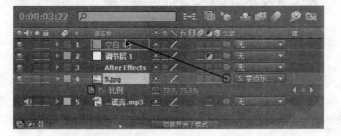

图 3-146　空物体层

空白对象层就是一个无法渲染的空层，本身并不显示，但可以通过它实现一些间接运动；常用来当作辅助物体，比如将摄像机链接到空白对象层上面，那么就可以通过空白对象层的运动变化方便地控制摄像机。

（7）形状图层：可以绘制出所需要的简单几何图形的形状，单击图层利用目录中的"添加"按钮改变所绘制的几何形状并作出一些简单的动画或者一些漂亮的背景图案，如图 3-147 和图 3-148 所示。

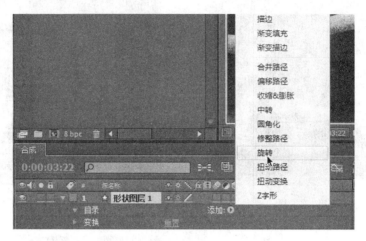

图 3-147　形状图层

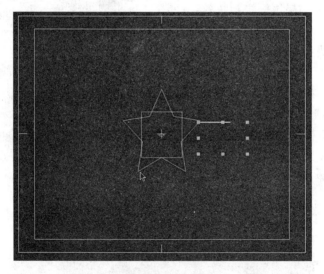

图 3-148　形状层

（8）照明层：灯光是一种具有真实感觉的东西，要在更接近真实的环境中才能发挥出作用。After Effects 里面灯光都针对的是三维空间，因此打开灯光效果的时候要想让灯光发挥作用，图层必须转换为三维图层，这样灯光才会发生作用。设置参数和效果分别如图 3-149 和图 3-150 所示。

灯光产生阴影需要设置两个方面：一是建立灯光的时候要选中"投射阴影"选项；二是要使物体产生阴影还必须开启它的材质接受阴影的选项，"投射阴影"在默认状态下是关闭的，打开后才会实现灯光照射产生的阴影。

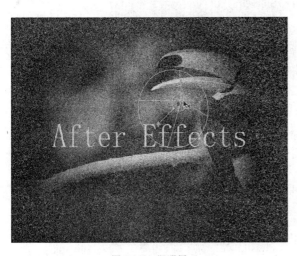

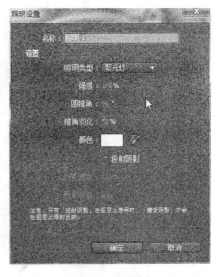

图 3-149 照明层　　　　　　　　　　　　　　图 3-150 照明设置

注意："质感选项"只有三维图层才会有效果。这个功能对于动画制作起到很好的效果，可以随意打开灯光，随意使某个物体产生阴影，从而能制作出更逼真细腻的画面。

（9）摄影机：在 After Effects 中，我们常常需要运用一个或多个摄像机来创造空间场景、观看合成空间，摄像机工具不仅可以模拟真实摄像机的光学特性，更能超越真实摄像机在三脚架、重力等条件的制约，在空间中任意移动。摄影机层和灯光层一样，只能在三维图层中使用。设置参数和效果分别如图 3-151 和图 3-152 所示。

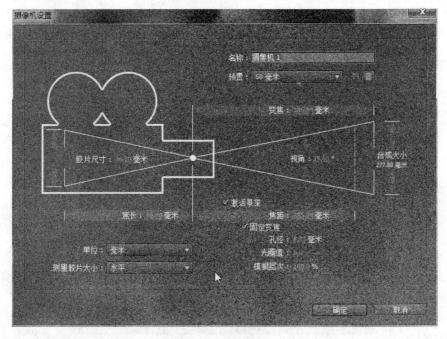

图 3-151 摄像机设置

图 3-152　摄像机

3.5.2　层的产生

图层的创建非常简单,只需要将导入到项目窗口中的素材,拖动到时间线窗口(或合成窗口)中即可创建层。如果同时拖动几个素材到项目窗口中,就可以创建多个层,如图 3-153 所示。也可以双击导入的合成文件,从而打开一个合成文件,这样也可以创建层。通过在时间布局窗口中上下拖动层可以改变其叠加顺序。双击时间线窗口中的一个层,将弹出相应的层窗口,在这个窗口中可以更仔细地观察和剪辑素材,如图 3-154 所示。

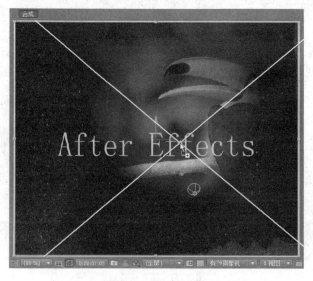

图 3-153　创建多个图层

图 3-154　编辑图层

创建固态层、文字层、调节层、引导层、虚拟物体层/空白对象层、照明层和摄像机层等有多种方法：

（1）在工具栏窗口的"图层"菜单中的"新建"子菜单中选择固态层、文字层、调整层等选项，如图 3-155 所示。

图 3-155　创建图层

（2）在时间线窗口或合成窗口中在空白的地方单击右键，选择"新建"命令，同样也会出现固态层、文字层、调整层等选项，如图 3-156 所示。

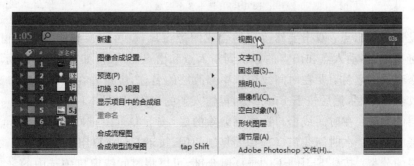

图 3-156　新建图层

（3）利用快捷键创建。按 Ctrl＋Y 组合键创建固态层，按 Ctrl＋T 组合键创建文字层，按 Ctrl＋Alt＋Y 组合键创建调节层，按 Ctrl＋Shift＋Alt＋Y 组合键创建空白对象层，按 Ctrl＋Shift＋Alt＋L 组合键创建照明层，按 Ctrl＋Shift＋Alt＋C 组合键创建摄像机层。

3.5.3　层的管理

Affer Effects 中层在时间线窗口中按时间顺序进行排列，如图 3-157 所示。在合成图像窗口中，导入层后就可以决定层的时间位置。层导入时的起始位置由时间线上的时间指示器的位置决定。默认情况下，层的持续时间由素材的持续时间来决定。可以通过设置层的入点、出点来改变层的持续时间。也可以通过改变素材的速度来改变层的持续时间。如果素材的长度超过合成图像设置的时间，则只显示处于合成图像中的素材。

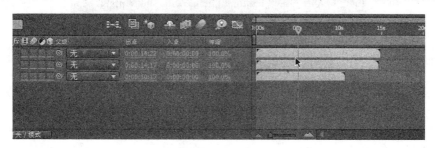

图 3-157　层排列

在实际工作过程中，需要对层进行各种操作，比如按各种方式排列层的顺序，对齐、删除、复制、分裂、替换以及剪辑层等。

- 选择层：操作层首先要选定目标层。After Effects 支持用户对层进行单个或多个的选择，被选定的层上呈深黑色纹理，如图 3-158 所示。

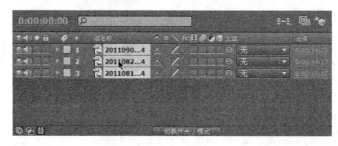

图 3-158　选中多个图层

- 设置层入出点：双击要修改层的合成图像窗口，就可切换到层的设置窗口，在层窗口中，移动入点和出点的标识到新入点和出点的位置，如图 3-159 所示。
- 修改层的名称：要在时间线窗口中修改层的名称，应首先在时间线窗口选中要修改名称的层，然后按下 Enter 键，再输入新的名称，如图 3-160 所示。
- 层的删除：在时间线窗口选择要删除的层，按下 Delete 键即可。
- 层的复制：在时间线窗口选择要复制的层，按下 Ctrl＋D 组合键即可。
- 层的分裂：按住 Shift＋Ctrl＋D 组合键，可以将时间线窗口中选中的素材在当前

图 3-159　设置层入点

图 3-160　修改层名称

时间游标处截为两部分。这样的操作可以保留被剪辑的两个部分,继续进行处理。命令如图 3-161 所示,效果如图 3-162 所示。

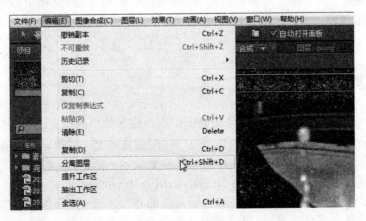

图 3-161　分离图层

图 3-162　分离图层

- 层的精确对位：在时间线窗口中，将素材精确地放到某个时间处，一般是用素材的入点进行时间对位的。按住 Shift 键，在时间线窗口中拖拽层进行移动，会强制层的起点与当前时间标志，与另一层的入点和出点对齐，如图 3-163 所示。

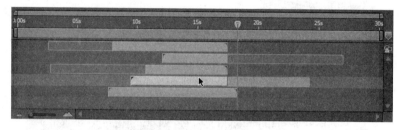

图 3-163　精确对位

- 层的替换：在时间线窗口中选择要替换的层，按住 Alt 键，在项目窗口中，选择另一个素材拖到要替换的层的位置。
- 层的顺序：编辑合成图像时，层的位置决定了层在合成图像中显示的优先级别，最上层的优先显示，可以在时间线窗口或合成窗口中直观地看到层在合成图像中的位置。
- 层的自动排序：当若干个素材被调入到时间线窗口中时，产生的层会以叠加的方式排列，After Effects 提供了一个可以自动排列层的层序列工具，可以使用它在时间线窗口中保留所选的第一层在原来的位置上，其他层根据选择顺序自动移到新的位置，使层之间首尾相连。
- 层的锁定：当一些层的调整已经完毕，可以将该层锁定，这样可以继续观察该层的画面，但不可以对层进行各种操作，选择锁定的层的时候，层会闪动。锁定层可以防止对层进行误操作。

3.5.4　改变层顺序

After Effects 通过对层进行编号来确定层在合成图像中的位置。时间线窗口中处于最上方的层编号总为 1，下面以 2、3、4…依次排序，如图 3-164 所示。

当向时间线窗口中加入新层时，时间线窗口中显示一条黑线，来决定层的堆放顺序。系统将新层加入到黑线的位置，即两层之间，如图 3-165 所示。

时间线窗口中加入新层后，所添加的层前面的各层不变，其后各层顺序后退。After Effects 不允许改变层的编号，但可以通过拖动层改变层的堆放顺序。

也可以通过菜单命令改变层顺序，首先选中所要编辑的图层，然后选择"图层"→"排

图 3-164 层编号

图 3-165 插入图层

列"→"图层前移"命令,如图 3-166 所示;也可使用快捷键,如按 Ctrl＋]组合键,图层向上移动一级;按 Ctrl＋<组合键,图层向下移动一级;按 Ctrl＋Shift＋>组合键,图层移动至合成图像顶部;按 Ctrl＋Shift＋[组合键,图层移至合成图像底部。

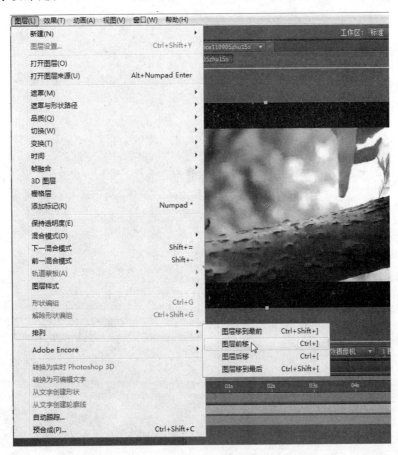

图 3-166 图层前移

本章小结

　　本章主要学习了各合成项目的设置和管理、合成素材的导入和管理，以及 After Effects 各工作窗口和控制面板的知识。通过对本章的学习，读者对 After Effects 工作界面的使用会有较为完整的认识和了解，便为后面的深入学习打下了良好的基础。

第4章 层属性动画及关键帧动画制作

在学习了 After Effects 的基本知识和操作界面之后,接下来要重点学习用 After Effects 制作影视合成特效的应用实例。本章主要介绍 After Effects 图层属性的重要内容,通过案例来加深对 After Effects 层属性动画的认识。

4.1 层属性动画

4.1.1 认识关键帧

关键帧是 After Effects 制作动画及特效的基础,本部分介绍关键帧基础知识及利用层变换属性和特效属性产生动画的方法。

1. 关键帧技术

所谓关键帧,是指一个动画的开始到结束的开始帧与结束帧,两帧之间的动画过程由软件计算自动完成。

2. 关键帧控制器

在时间线窗口中,选定层并打开它的属性,如图 4-1 所示。选中码表图标,表示激活了关键帧控制器,用它来记录关键帧的变化。激活控制器后,可以在不同时间位置改变当前属性的参数,After Effects 会在每次修改的时间位置处加入该属性的关键帧,如图 4-1 中的层显示区域的关键帧标记所示。再次单击已激活的关键帧控制器图标,表示关键帧控制器转换为未激活状态,此时前面设置的所有关键帧将被清除。在未激活控制器时,如果输入了属性的参数,该参数值将在层的整个持续时间内有效,而不是某一具体的关键帧参数了。

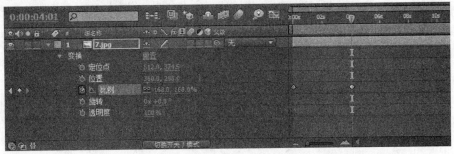

图 4-1 关键帧设置

3. 建立关键帧

通过对层的不同属性设置关键帧,就可以对层进行属性动画的制作。建立关键帧时,以时间指示器为准,在该时间位置为层加一个关键帧,其操作过程如下:

(1)选择要建立关键帧的层,并打开要建立关键帧的层属性。

(2)将时间指示器移动至要建立关键帧的位置。

(3)单击打开该属性关键帧控制器,在时间指示器所处的位置产生一个关键帧,然后将时间指示器移动至要建立关键帧的下一位置,在合成图像窗口或时间线窗口对层的相应属性进行修改设置,关键帧自动产生,也可以在时间线窗口或"效果"对话框中,通过改变数值来设置关键帧,层属性和特效属性都可以记录关键帧动画,这是 After Effects 的重要动画特征之一。

4. 选择关键帧

选择单个关键帧时,可在时间线窗口中,用鼠标单击要选择的关键帧标记;或者在合成图像或层窗口的图表编辑区中,用选择工具单击运动路径上的关键帧图标。选择多个关键帧时,可在时间线窗口、合成图像或层窗口中,按住 Shift 键单击要选择的关键帧;或者在时间线窗口的层工作区域,拖动鼠标框选要选择的关键帧,该方法适用于选择连续的关键帧的情况;或者在时间线窗口的控制面板区域,单击层的属性,则该属性的所有关键帧被全部选中。

5. 编辑关键帧

在修改关键帧前,要确定时间指示器已经定位在需要修改的关键帧上。在任何时候可以对关键帧进行编辑修改,双击选中要修改的关键帧,在弹出的属性设置对话框中修改;或者移动时间指示器至要编辑的关键帧,在合成图像或层窗口中进行与之相对应的操作。前面介绍了利用"添加/移除当前时间关键帧"按钮删除关键帧的方法,还可以在时间线窗口的层工作区域选择要删除的关键帧,或者在控制面板区,选择层的某个属性,选中该属性的所有关键帧,然后按键盘上的 Delete 键,或者选择"编辑"→"清除"命令。对于二维动画而言,变换属性的 5 个基本属性可以涵盖大多数动画形式,如图 4-2 所示,它包括定位点、位置、比例、旋转和透明度的 5 种层变换属性。

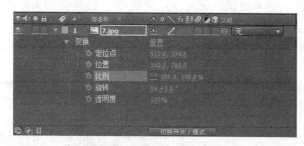

图 4-2 层的 5 种变换属性

4.1.2 轴心点设置

After Effects 中是以轴心点为基准进行相关属性的设置。默认状态下轴心点在对象的中心,图层画面左上角轴心定位点坐标为(0,0),可以任意调整轴心点的位置,随着轴心点的位置不同,对象的运动状态也会发生变化,当轴心点在物体中心时,应用旋转属性,物体沿轴心点自转;当轴心点不在物体中心时,则物体沿轴心点旋转。改变轴心点方法如下:

(1) 使用选择工具改变对象轴心点。在工具栏中选择"选择工具",然后打开该层窗口,点选轴心定位点,用鼠标拖动定位点到新的位置点上。图 4-3 所示的图像轴心点在图层画面中心位置,鼠标拖动轴心点至新位置就改变轴心点原来位置,如图 4-4 所示。

图 4-3 修改前的轴心点   图 4-4 修改后的轴心点的位置

(2) 数值改变对象轴心点。在时间线窗口中选择层,单击小三角打开它的定位点,或按 A 键打开轴心点属性,如图 4-5 所示。

图 4-5 轴心点参数设置

在带下划线的定位点参数栏上按住鼠标左键左右拖动;或者单击鼠标,在出现的文本框中输入具体数值,按 Enter 键确定,即可确定新的轴心点位置,如图 4-5 所示。

4.1.3 位置设置

After Effects 中位置设置有如下两种方法:

(1) 数值方式改变位置。在时间线窗口中选择层,单击小三角打开它的属性,该属性位于轴心点属性的下方,或者选中要改变位置的图层,按 P 键打开位置属性,如图 4-6 所示。在带下画线的参数栏上按住鼠标左右拖动;或者在位置参数中单击,在出现的文本框中输入具体数值,按 Enter 键确定即可完成图层位置调整。

(2) 手动方式改变位置。在时间线窗口选择层或在合成图像窗口中选择要修改的对象,显示其运动路径,如图 4-7 所示,在合成图像中选中要修改的关键帧,使用选择工具拖动对象到目标位置即可。在运动路径上每个关键帧都具有方向线,通过鼠标调节方向

图 4-6 位置属性

线,可以调整路径的形状。在时间线窗口或者在合成窗口中按住 Shift 键选择运动路径
上所有的关键帧,在合成窗口中拖动路径,整个路径都会移动。

图 4-7 调整的位置运动路径

4.1.4 比例设置

在时间线窗口中选择要调整的图层,单击小三角打开它的属性,该属性位于位置属
性的下方,按 S 键也可打开缩放属性,如图 4-8 所示。

图 4-8 缩放属性

After Effects 默认的缩放比例是 100%,即没有缩放。在图 4-8 中的百分比前面有一
个“固定当前纵横比”按钮,默认按下有效,表示对象缩放时纵横比保持不变。对缩放的

设置有如下两种方法：

（1）数值方式改变缩放。在带下划线的参数栏上按住鼠标左键并左右拖动；或者单击鼠标，在出现的文本框中输入具体的数值，按 Enter 键确定即可改变原来图层的比例大小。

（2）手动方式改变缩放。在合成图像窗口中选择要缩放的层，或者在时间线窗口中选择对象所在的层，在合成窗口中层的四周出现 8 个控制点，使用选择工具拖动控制点就能够缩放对象，如图 4-9 所示。从图中可以看出，After Effects 是以轴心点为基准，对图层进行缩放的。

图 4-9　手动调节缩放比例

以下是缩放动画的实例，其操作步骤如下：

（1）新建项目文件，在项目窗口导入一张图片，并将该素材放置在时间线窗口中，打开显示出比例缩放的属性，把时间指示器定位到时间开始处，激活"比例"关键帧属性前的时间码表，开始记录关键帧动画，打开保持图像纵横比，以同步调节图层的纵横的缩放比例，将数值调为 79，如图 4-10 所示。图像效果如图 4-11 所示。

图 4-10　建立比例缩放关键帧

（2）将时间指示器定位到 2 秒位置，将鼠标光标移到比例属性带下划线的数值上，单击鼠标右键，在弹出的对话框中将图层的比例参数调节为 119，After Effects 自动建立第二个关键帧，如图 4-12 和图 4-13 所示，由此得到一个由小到大的缩放比例动画。

图 4-11　第一个关键帧层比例大小

图 4-12　建立第二个关键帧

图 4-13　第二个关键帧层比例大小

4.1.5　旋转设置

在时间线窗口中选择需要旋转的图层，单击小三角打开它的属性，该属性位于缩放属性的下方，按 R 键也可以打开旋转属性，如图 4-14 所示。可以进行任意角度的旋转，当超过 360°时，系统以旋转一圈来标记已旋转的角度，反向旋转表示负的角度。

对旋转的设置也有如下两种方法：

（1）数值方式改变旋转设置。在带下划线的参数栏上按住鼠标左键左右拖动；或者

图 4-14　旋转参数设置

单击在出现的文本框中输入具体的数值,按 Enter 键确定即可。

(2)手动方式改变旋转设置。在工具栏中选择旋转工具,在合成图像窗口中拖动对象的上旋转控制点进行旋转,按住 Shift 键拖动鼠标旋转时每次增加 45°,按住键盘上的"+"或"-"方向键则向前或向后旋转 1°,按住 Shift 键及"+"或者"-"方向键则向前或向后旋转 10°。

下面是旋转动画的一个实例:

(1)新建合成项目文件,导入素材,并将素材放置在时间线上,打开素材图层的旋转属性,把时间指示器定位到第 0 帧位置,单击关键帧控制器建立旋转属性关键帧,如图 4-15 和图 4-16 所示。

图 4-15　设置旋转关键帧

图 4-16　素材图层旋转位置状态

(2)将时间指示器定位到 2 秒位置,设定旋转角度为 180°,系统会自动建立第二个关键帧,如图 4-17 所示。

图 4-17　建立第二个关键帧

（3）按 0 键预演动画，可以看到图像以对象锚点为基准，旋转 180°的动画，效果如图 4-18 所示。

图 4-18　旋转 180°

4.1.6　透明度设置

在时间线窗口中选择需要改变透明度的图层，单击小三角打开它的属性（或按 T 键，即可打开透明度属性），该属性位于旋转属性的下方，如图 4-19 所示。通过透明度的设置，可以为对象设置透明的图像效果。当透明度达到 100％时图像完全不透明，遮住其下的图像；当其数值为 0％时，对象完全透明，完全显示其下的图像。

图 4-19　透明度属性

下面是透明度动画的一个实例：

（1）继续使用旋转动画的实例，打开图层的透明度属性，把时间指示器定位到时间开始 0 帧位置，单击关键帧控制器建立透明属性关键帧，设置参数为 100％，如图 4-20 所示。将时间指示器定位到 2 秒位置处，设定透明度参数为 30％，系统会自动建立一个关键帧，如图 4-21 所示。

图 4-20　建立透明属性关键帧

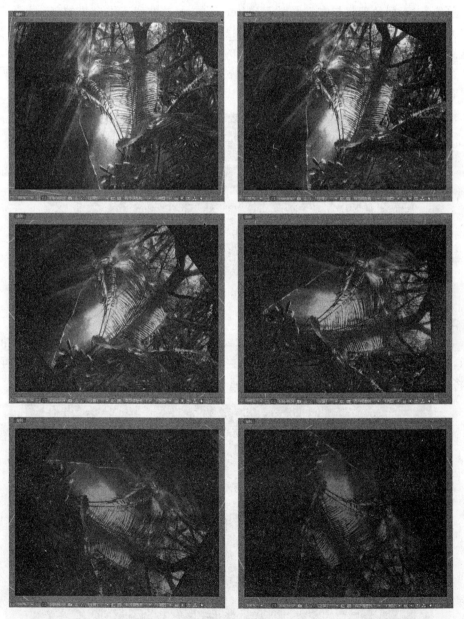

图 4-21 建立第二个关键帧

（2）按数字键盘上的 0 键预演动画，可以看到图像在旋转的同时，透明度逐渐减小。效果如图 4-22 所示。

图 4-22 预览效果

4.2 层属性动画综合实例

4.2.1 层属性动画实例

1. 对层的概念理解

After Effects 对素材的编辑是基于层来进行的,层是 After Effects 进行视频合成的基本单位,对于层的理解与掌握是学习 After Effects 二维和三维合成的基础。在 After Effects 中,层的使用与 Photoshop 中层的用法有很多相似之处,但是它具有运动的能力,从这点来说,After Effects 就是一个会"动"的 Photoshop。

在 After Effects 中可以将层一片片地叠加(如图 4-23 所示),上面图层覆盖下面图层的内容,图层总是按上下图层顺序优先显示上面层的内容。

图 4-23 图层上下顺序叠加

2. 层的属性

一个层具有定位点、位置、旋转、透明度等多种属性。层的属性需要通过展开轮廓图显示,要展开轮廓图,可以点击层左边的小三角,如图 4-24 所示;使其箭头朝下,再次单击,将收敛轮廓图,但如果要快速选择层的属性,应该按对应于属性的快捷键。

图 4-24 层属性

3. 使用关键帧

在 After effects 中各种滤镜效果参数或者层属性的每一次改变都可以设置成关键帧，时间线窗口中层的每一个属性均对应着左边相应的时钟图标，如图 4-25 所示。只要单击相应的时钟图标，就会在右边的时间线上增加一个关键帧，这是 After effects 关键帧动画的重要特征之一。

图 4-25　激活关键帧属性

同时还可以通过单击来直接选择某一个关键帧；若按住 Shift 键，可同时选择多个关键帧。按 Delete 键删除关键帧。要移动关键帧，直接选择关键帧左右拖动移到目标位置。拷贝关键帧可以在选择关键帧后使用"编辑"→"拷贝"命令，然后在需要粘贴的位置使用"编辑"→"粘贴"命令；或使用快捷键 Ctrl＋C 和 Ctrl＋V 进行拷贝粘贴，所有设置好的属性和效果都可以快速复制给其他图层，这为创建关键帧动画提供了很大方便。

4.2.2　关键帧动画实例

操作步骤如下：

（1）首先建立一个新建合成组，如图 4-26 所示。在新建合成组中设置合成组相关参数，包括合成项目文件的长宽尺寸、帧速率、开始时间和整个项目的持续时间，如图 4-27 所示。

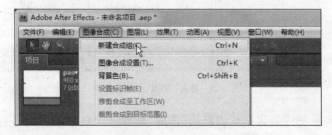

图 4-26　新建合成组

（2）在项目窗口中的空白处双击鼠标，导入"蚂蚁 1.psd"文件，如图 4-28 所示；在弹出

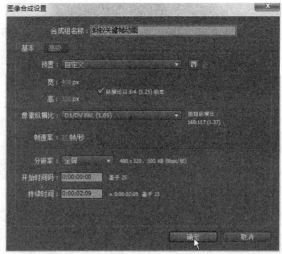

图 4-27　合成组相关参数设置

的对话窗中进行设置,如图 4-29 所示。"选择图层"选择"图层 0",选中"合并图层样式到素材中",则可保留该图层前期制作的效果样式,"素材尺寸"选择"图层大小"使得导入的该素材为前期图层大小,如果选择"文档大小"则导入的素材将保留前期该素材的文档尺寸大小。

图 4-28　导入"蚂蚁 1.psd"文件

（3）选择"图层"→"新建"→"固态层"命令,新建一个白色的固态层,如图 4-30 所示。

（4）将"图层 0/蚂蚁 1.psd"素材从项目窗口拖曳到时间线窗口中,打开该图层变换属性窗口,按 S 键展开比例属性,改变该属性的数值,来调整该素材图像在合成窗口中画面的大小比例,效果如图 4-31 所示。

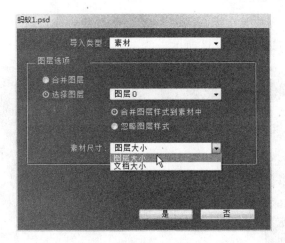

图 4-29 素材导入的参数设置

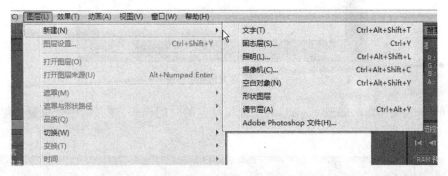

图 4-30 新建一个白色固态层

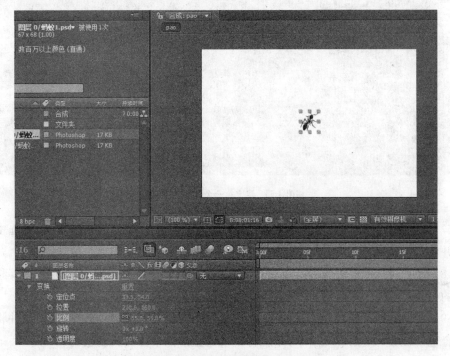

图 4-31 调整蚂蚁素材的大小比例

（5）将时间指示器放置在第 0 帧位置，然后在图像合成窗口中将蚂蚁移动到靠近合成窗口中间位置最右边，如图 4-32 所示。

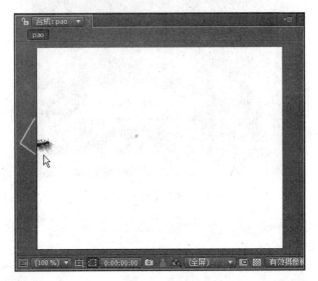

图 4-32　蚂蚁的合适位置

（6）单击"图层 0/蚂蚁 1.psd"的位置属性前的时间码表，建立第一个位置关键帧，如图 4-33 所示。

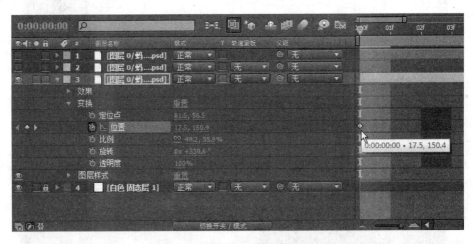

图 4-33　建立第一个位置关键帧

（7）将时间指示器放置到第 14 帧位置，在图像合成窗口中使用移动工具，选中蚂蚁图层并将其移动到合适的位置，如图 4-34 所示，系统自动建立第二个位置关键帧。

（8）将时间指示器放置到 1 秒位置，在图像合成窗口中选中蚂蚁图层并将其移动到合适的位置，如图 4-35 所示，系统将自动建立第三个位置关键帧。

（9）将时间指示器放置到 1 秒 18 帧位置，在图像合成窗口中选中蚂蚁图层并将其移动到合适的位置，如图 4-36 所示，系统将自动建立第四个位置关键帧。

（10）将时间指示器放置到 2 秒 8 帧位置，在图像合成窗口中，选中蚂蚁图层并将其

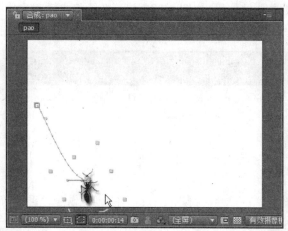

图 4-34 建立第二个位置关键帧

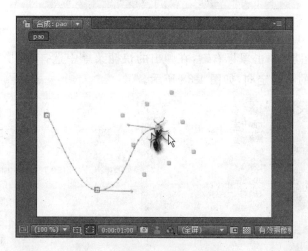

图 4-35 建立第三个位置关键帧

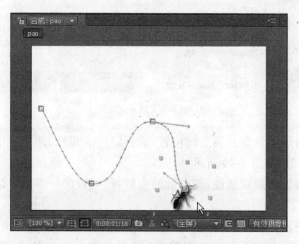

图 4-36 建立第四个位置关键帧

移动到合成窗口右侧之外的位置,如图4-37所示,系统将自动建立第五个位置关键帧,到此,完成整个位置关键帧动画的记录。

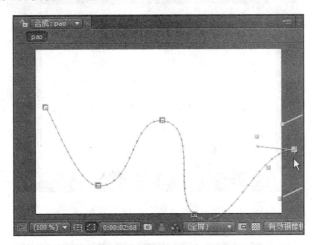

图 4-37　建立第五个位置关键帧

　　(11) 选中该图层,单击鼠标右键,在弹出的快捷菜单中选择"变换"→"自动定向"命令,设置蚂蚁运动的自动定向,如图4-38所示。

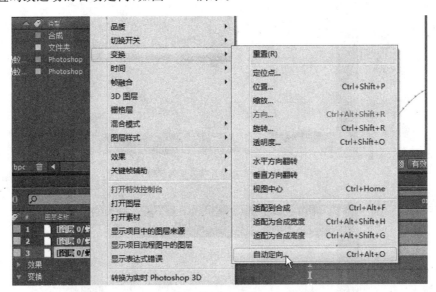

图 4-38　自动定向

　　(12) 将时间指示器放置到第0帧位置,选择定位点属性,调节定位点参数,将定位点位置放置在蚂蚁头部,如图4-39所示。

　　(13) 选择该图层的旋转属性,调节旋转参数,使蚂蚁的头部指向运动路径的方向,如图4-40所示。

　　(14) 选中该图层,按Ctrl+D组合键,复制该图层,按Ctrl+V组合键粘贴该图层,将新建的图层命名为"蚂蚁",将蚂蚁图层向后拖动到第8帧位置,如图4-41所示。

　　(15) 最后按"空格"键预览蚂蚁运动的整个动画过程,如图4-42所示。

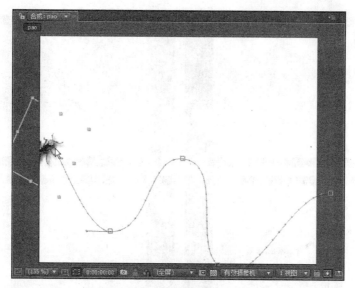

图 4-39　调节定位点

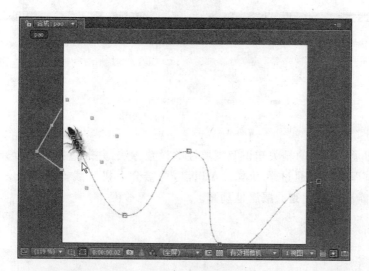

图 4-40　调节旋转参数

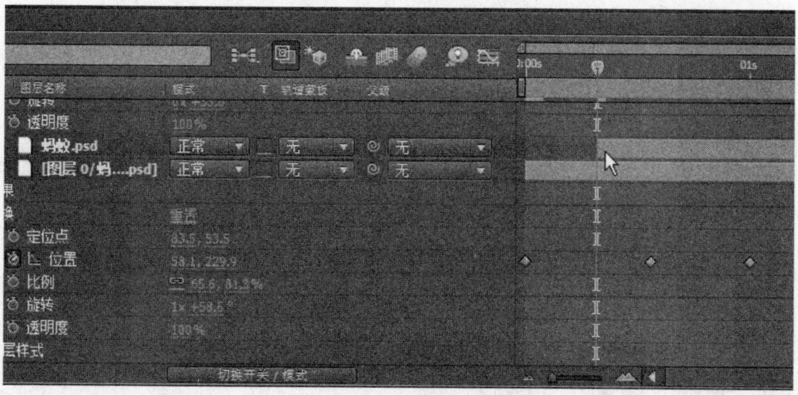

图 4-41　拖动图层

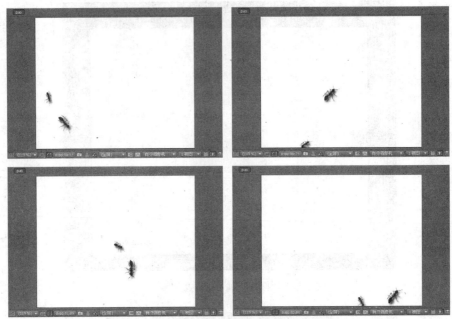

图 4-42　动画最终效果

本章小结

　　本章学习了层属性的相关知识及层属性的设置方法,并通过案例综合介绍了层属性的动画制作过程。相信通过学习本章知识点,再结合上机实践操作以及发挥的创作能力,大家一定能制作出优秀的层属性动画。

第 5 章　遮罩

在影视后期合成特效制作中,遮罩是不可缺少的一个重要工具,它可以应用在合成抠像、遮罩动画等重要领域,能达到立竿见影的效果。在学习了层属性及关键帧动画的内容之后,本章将重点学习 After Effects 遮罩的相关知识及如何利用遮罩制作影视特效。

5.1　遮罩的概念及创建

5.1.1　认识遮罩

遮罩(Mask)是用来描述透明度信息的工具,层的透明度信息存放在层的 Alpha 通道中,当层不具有 Alpha 通道时,可以使用遮罩、遮罩层及键控的组合来显示或隐藏层中的内容,为作品增添赏心悦目的视觉效果。

在学习遮罩之前,先了解一下有关概念。

(1) Alpha 通道:Alpha 通道是一个包含在层或素材中定义透明区域的不可见通道。对于素材而言,Alpha 通道提供了一种在同一个文件中既存储素材信息又保存其透明信息的方式。

(2) 遮罩:遮罩是一个封闭路径或轮廓图,用于修改层的 Alpha 通道。遮罩属于指定的层,并且每个层可以设置多个遮罩。多个遮罩之间既相互独立,又可以组合,可灵活地设置遮罩动画。

(3) 轨道蒙版层:轨道蒙版层可以定义该层或其他层的透明区域,当有一个层或通道比 Alpha 通道更好地定义了透明区域或者该素材不包含 Alpha 通道时,可以使用遮罩层。After Effects 可以设置层的属性和创建层的动画,这样可以制作出复杂变化的透明效果。

5.1.2　创建遮罩

在 After Effects 中,可以通过工具面板中的工具或者菜单命令建立遮罩,也可以直接将 Photoshop 或者 Illustrator 的路径直接导入使用。

1. 使用工具面板中的工具创建遮罩

可以使用 After Effects 工具栏中的矩形工具、椭圆工具和钢笔工具在层窗口中绘制

遮罩,如图 5-1 所示。利用这三种工具可以绘制三种类型的遮罩。(矩形工具与椭圆工具间的互换按 Alt 键)

遮罩工具

图 5-1　工具栏

(1) 矩形遮罩:利用矩形遮罩工具可以在层上创建一个矩形或者正方形的遮罩。

(2) 椭圆遮罩:利用椭圆工具在层上可以创建一个椭圆或者圆形的遮罩。

(3) 贝塞尔曲线遮罩:使用钢笔工具可以绘制任意形状的遮罩,在钢笔工具中可以选择添加顶点、删除顶点和顶点调整工具来调整遮罩的形状,这种遮罩是最灵活和最常用的。

2. 制作矩形和椭圆形遮罩

使用矩形和椭圆形遮罩工具可以在层上创建一个矩形或者椭圆的遮罩,其操作步骤如下:

(1) 在工具栏中选择矩形遮罩工具或者椭圆遮罩工具。

(2) 在层窗口中显示目标层,或者在时间线窗口中选定要绘制遮罩的目标图层,然后在合成窗口中找到目标层的遮罩起始位置,按住鼠标左键拖动,在结束位置松开鼠标,即可创建一个遮罩。拖动时按住 Shift 键可以创建正方形遮罩或者圆形遮罩,拖动时按住 Ctrl 键可以从遮罩中心建立遮罩,如图 5-2 所示。

图 5-2　矩形遮罩

3. 使用钢笔工具创建遮罩

使用钢笔工具是最有效最常见遮罩创建工具,可以创建任何形状的遮罩。After Effects 中的遮罩是由线段和控制点构成的路径,线段是连接两个控制点的直线或者曲线,控制点定义了每个线段的开始点和结束点。如果要使遮罩产生透明区域,必须要使路径形成连续的封闭路径。

使用钢笔工具创建遮罩的操作步骤如下:

(1) 在工具栏中选择钢笔工具。

（2）在时间线窗口中选定目标层,然后在合成窗口中使该目标层可见。

（3）在合成窗口中找到目标层绘制遮罩的起始位置,单击鼠标左键,每次单击一下,将产生一个控制点,移动光标到第二个控制点的位置,单击鼠标产生第二个控制点,它与上一个控制点以直线相连。

按照上面的操作,绘制线段,通过单击第一个控制点或者双击最后一个控制点来封闭路径,这样就创建了一个遮罩,如图 5-3 所示。

4．以数字形式创建遮罩

以数字形式创建遮罩只能创建规则形状的遮罩,不能创建任意形状的路径遮罩。以数字形式创建遮罩的操作步骤如下：

（1）在时间线窗口中,选定要创建遮罩的目标层,选择"图层"→"遮罩"→"新建遮罩"命令;或者在目标层上单击右键,在弹出的快捷菜单中选择"遮罩"→"新建遮罩"命令,新建一个遮罩,系统默认自动沿目标层建立一个矩形区域。

（2）在时间线窗口中,展开目标层的层属性,打开"遮罩"选项,选定进行遮罩设置的目标遮罩。

（3）选择"图层"→"遮罩"→"遮罩形状"命令;或者单击遮罩前方的三角按钮,展开遮罩的属性,单击遮罩外形,弹出"遮罩形状"对话框,如图 5-4 所示。

图 5-3　使用钢笔工具创建遮罩

图 5-4　"遮罩形状"对话框

（4）在对话框中可以设置遮罩的范围限制及设置遮罩的形状和单位。比如可以设置遮罩的外形分为长方形、椭圆形和贝赛尔曲线三种类型。

5.1.3　编辑遮罩

遮罩创建后,不是一成不变的,遮罩的形状、大小或者属性不一定符合合成的需要,此时就需要对遮罩进行编辑,在实际的合成中,编辑遮罩比创建遮罩更为重要,这要花费更多的时间和精力。

1．编辑遮罩形状

（1）选择遮罩和控制点：对于复杂的遮罩可以先创建一个简单的遮罩,通过增加和

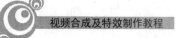

调整遮罩路径上的控制点,修改遮罩的曲线形式,最终形成复杂的遮罩。

修改遮罩时,首先需要选择遮罩和控制点,在层上选择控制点的方法如下:

① 选择控制点:在工具栏中单击"选择"工具按钮,在合成窗口,单击选择遮罩上的单个控制点即选择了一个控制点。被选中的点以实心表示,而未选中的点以空心表示。如图 5-5 所示。

图 5-5　选中一个控制点

② 选择整个遮罩:单击"选择"工具按钮,在合成窗口中,按住 Alt 键单击遮罩,即选择了整个遮罩,如图 5-6 所示。

图 5-6　选中全部控制点

③ 圈选部分或者全部控制点:在合成窗口中,可用"选择"工具框选部分控制点或者全部控制点,如图 5-7 所示。

④ 选择不连续的控制点:单击"选择"工具,在合成窗口中,按住确认键点选各控制点即可,如图 5-8 所示。

图 5-7　框选部分控制点

图 5-8　选中不连续控制点

（2）在层列表中选择遮罩的方法如下。

① 在时间线窗口中展开层，显示出所有遮罩的名称，如图 5-9 所示。

图 5-9　遮罩属性

105

② 单击其中一个遮罩名称,则该遮罩被选中。

③ 按 Ctrl 键可以选择多个不连续的遮罩,如图 5-10 所示;按 Shift 键可以选择多个连续的遮罩,如图 5-11 所示。

图 5-10 不连续选择

图 5-11 连续选择

2. 移动、缩放和旋转遮罩

选择了遮罩或遮罩上的控制点后,可以对遮罩进行缩放和旋转。可以使用"只有变换点"的命令,来实现对一个或多个控制点或者整个遮罩进行缩放或者旋转的操作,操作步骤如下:

(1) 选择要进行变换的控制点或者遮罩。

(2) 选择"图层"→"遮罩与形状路径"→"自由变换点"命令,如图 5-12 所示。

(a)   (b)

图 5-12 编辑遮罩

在选择的控制点或者遮罩周围会出现一个约束框,约束框的四周出现 8 个控制点,它的中心出现一个参考点,如图 5-12(a)所示。在约束框周围移动鼠标,观察鼠标指针的不同状态来对遮罩进行移动、缩放和旋转的操作。

- 移动:当鼠标指针移动到约束框范围内呈现 状态,表示可以对遮罩进行移动操作,使用鼠标进行拖曳即可实现遮罩的移动。
- 缩放:将鼠标放置在任意一个约束框的控制点上,当指针变成双向缩放箭头时,拖动鼠标,可以进行缩放。
- 旋转:将指标在约束框周围移动,当指针变为双向旋转箭头时,拖动鼠标,遮罩将围绕参考点进行旋转。

由于旋转是以参考点为中心进行的,参考点默认位于约束框的中心位置。参考点可以移动,所以由于参考点位置的不同,旋转效果也大相径庭。移动参考点的方法很简单,移动光标到约束框的参考点上,如图 5-13 所示,按住鼠标拖动中心小圆点位置,即可移动参考点。

图 5-13　遮罩参考点

3. 改变遮罩的形状

在层窗口中,可以对遮罩进行移动、缩放、旋转操作,还可以通过增加或者减少控制点、移动控制点的位置和改变控制点的曲线类型来改变遮罩的曲线形状。

控制点可以增加、删除和移动。在工具栏中单击"钢笔"工具按钮,会弹出菜单,菜单中包括另外三个工具:添加顶点、删除顶点、顶点调整,这些工具可以对遮罩的控制点进行增加、删除和调整操作。"添加顶点"工具可以在遮罩路径上添加新的控制点。

1) 使用"删除顶点"工具在遮罩路径上删除控制点

当指针移动到路径上时,在指针旁边会出现一个加号图标时,表示在该处单击后会添加一个控制点;当指针移动到路径上的控制点上时,在指针旁边会出现一个减号图标,表示单击该处的控制点会删除该控制点。在工具栏中选择"选择"工具,使用它拖动控制点可以移动控制点,当按住 Alt 键时,可移动整个遮罩。

2) 调整遮罩的形状

一个路径既可以包含直线也可以包含曲线,主要取决于控制点的建立方式。在遮罩路径上，可以移动控制点来改变遮罩的形状，也可以拖动方向手柄来调节曲线，即通过控制点延伸出来的一个或者两个方向线对曲线形状进行改变，如图 5-14 所示。

图 5-14 改变遮罩形状

3）使用"选择"工具调整遮罩形状

使用"选择"工具拖动控制点，包括直线控制点和曲线控制点，可以从总体上改变遮罩的形状。对曲线控制点，还可以拖动它的方向手柄，从而对路径形状进行微调，如图 5-15 所示。

图 5-15 微调遮罩路径

4）使用"钢笔"工具调整对象的曲线控制点

选择工具栏中的"钢笔"工具，当指针移动到遮罩的某一控制点上时，按住 Alt 键移动鼠标拖动控制点，可以通过拖动出的控制手柄来调整遮罩曲线形状，如图 5-16 所示，按住 Ctrl 键鼠标拖动控制点可以移动该控制点的位置。

图 5-16 手柄调节控制遮罩形状

4. 设置遮罩属性

After Effects 的每个图层可以创建多个遮罩,如图 5-17 所示。在时间线窗口中,可以设置遮罩的各种相关属性,如图 5-18 所示。

图 5-17 建立多个遮罩

可以设置遮罩间的相互作用,可以通过遮罩路径上独立的控制点来控制遮罩的形状、遮罩的羽化及遮罩的透明度。下面详细说明如何设置遮罩属性。

1) 遮罩的组合模式

创建一个遮罩后,可以使用遮罩组合模式的方法来产生遮罩变换效果。After Effects 为遮罩提供了多种组合模式。单击图中相加的按钮,会弹出遮罩组合模式的菜单,根据需要选择不同的组合模式。

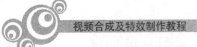

图 5-18　遮罩属性

遮罩的组合模式包括没有、相加、相减、交叉、变亮、变暗、差值 7 种模式,可以根据需要对每个遮罩进行设置,由此可以产生复杂的遮罩形状。同时需要注意,在时间线窗口中,遮罩位置排列靠上的将影响其下面的遮罩,最好将最顶部的遮罩设置为相加模式,再调整其下面的遮罩模式。

- 无:当前的遮罩不存在,对该层无影响。
- 加:在合成窗口中显示所有遮罩内容。
- 减:从上面的遮罩范围内减去下面遮罩的范围,和相加模式相反。
- 交叉:所有遮罩相交部分保留,相交以外的遮罩部分透明。
- 变亮:所有遮罩叠加,显示所有遮罩的区域,在相交的区域中使用当前遮罩的透明度。设置两个遮罩的透明度分别为 50% 和 100%。
- 变暗:与变亮相反,在相交的区域中使用当前遮罩的透明度。设置两个遮罩的透明度分别为 50% 和 100%。
- 差值:所有遮罩相叠加,减去相交部分。设置两个遮罩的透明度分别为 50% 和 100%。

7 种叠加效果如图 5-19 所示。

(a) 无　　　　　　　　　　　　　　　(b) 加

图 5-19　7种叠加效果

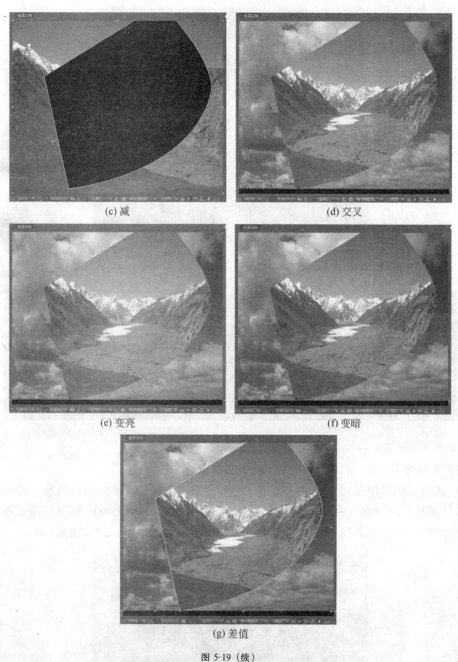

(c) 减   (d) 交叉

(e) 变亮   (f) 变暗

(g) 差值

图 5-19（续）

2）羽化遮罩边缘

遮罩属性里的"遮罩羽化"属性，用于对遮罩的边缘进行水平和垂直的羽化，羽化范围依据遮罩的路径，一半像素在边缘里侧，一半像素在边缘的外侧，如图 5-20 所示。

在"遮罩羽化"属性中，可以设置遮罩羽化的值，左侧为水平方向的羽化值，右侧为垂直方向的羽化值，如图 5-21 所示。

对于羽化的范围，只是在层的内部起作用，如果羽化范围过大，会显示外层的边界，所以设置羽化值时，要注意羽化范围不宜过大。

图 5-20　遮罩羽化

图 5-21　羽化属性

3）反转遮罩

反转遮罩的作用是将指定的遮罩范围进行反转，即显示遮罩外部的内容。操作方法为选择"图层"→"遮罩"→"反转"命令（快捷操作是按 Ctrl＋Shift＋I 组合键，或者在时间线窗口的层属性列表的遮罩属性名称旁选中"反转"复选框，如图 5-22 所示。

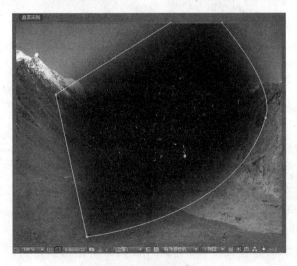

图 5-22　反转遮罩

4）设置遮罩的透明度

遮罩透明度的作用是用于控制遮罩内图像的透明度，取值为范围为 0％～100％。默认值为 100％，表示完全透明，取值为 0％时表示遮罩为完全不透明，如图 5-23 所示。

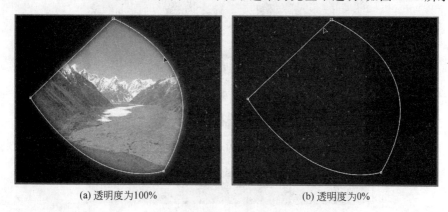

(a) 透明度为100%　　　　　　　　　　　　(b) 透明度为0%

图 5-23　遮罩透明度

5）设置遮罩扩展

遮罩扩展是设置遮罩的范围的，将数值设置为正值时，以遮罩路径线为界，向外延伸；将值设置为负值时，以遮罩路径线为界，向内延伸，如图 5-24 所示。

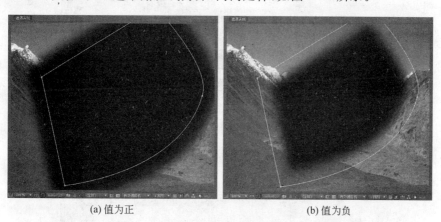

(a) 值为正　　　　　　　　　　　　(b) 值为负

图 5-24　遮罩扩展设置

5.2　遮罩应用实例

5.2.1　遮罩制作实例

下面举一个遮罩应用实例，通过该实例可加深对遮罩作用的了解。

（1）启动 After Effects，在项目窗口中空白处单击鼠标右键，选择"新建合成组"命令，新建一个合成并设置参数，如图 5-25 所示。

（2）在项目窗口中双击鼠标左键，导入素材文件"动态白云"和"高山"，如图 5-26 所

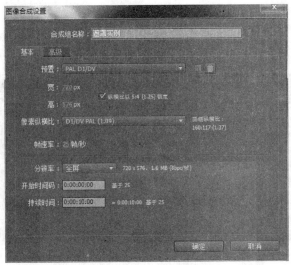

图 5-25　新建合成

示,并将素材拖到时间线窗口中。

图 5-26　导入素材

（3）在时间线窗口中,将"白云"图层放置在"高山"图层的上面,如图 5-27 所示。

（4）选择要建立遮罩的"白云"图层,使用"选择"工具在合成窗口中调整该图层的大小及位置,并遮住"高山"图层中的蓝色天空,如图 5-28 所示。

（5）在时间线窗口左边单击关闭的"眼睛"显示开关,将"动态白云"图层隐藏,如图 5-29 所示。

图 5-27 调节层顺序

图 5-28 调整白云图层

图 5-29 隐藏合成窗口中的图像

（6）选择"动态白云"图层，使用"钢笔"工具在合成窗口中参照"高山"图像，创建一个封闭遮罩路径，并按住 Ctrl 或 Alt 键，使用钢笔工具调整好遮罩形状，效果如图 5-30 所示。

（7）在时间线窗口左边单击打开"动态白云"图层的"眼睛"显示开关，显示"动态白云"得到的效果如图 5-31 所示。

（8）在时间线窗口中单击"动态白云"图层前面的小三角，展开遮罩属性，调整遮罩羽化参数，如图 5-32 所示。最后动态白云与山体衔接处的边缘进行了羽化，效果如图 5-33 所示。

图 5-30　建立封闭的遮罩

图 5-31　显示动态白云图层

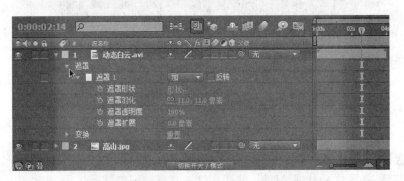

图 5-32　羽化参数设置

　　（9）在时间线窗口中复制"动态白云"图层并放在图层最上方,在合成窗口中调整白云的画面大小,并关闭时间线窗口中的"视频"显示开关,将复制的"动态白云"图层隐藏,如图 5-34 所示。

图 5-33 羽化效果

图 5-34 复制并隐藏动态白云图层

（10）选中复制出来的"动态白云"图层，使用"钢笔"工具在合成窗口中参照"高山"图像，建立封闭遮罩路径并调整遮罩形状，如图 5-35 所示。

图 5-35 绘制遮罩

（11）打开该图层的"视频"显示开关，并调整羽化和透明度参数，并将层"混合模式"调整为"叠加"模式，如图 5-36 所示。

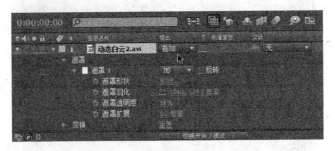

图 5-36　参数调整

（12）最后使得山体背景上有淡淡滚动的白云效果，按 0 键预览最终效果，如图 5-37 所示。

图 5-37　最终效果

5.2.2　遮罩动画制作实例

下面用"钢笔"工具来做一个遮罩动画的实例。

（1）启动 After Effects，在项目窗口空白处单击鼠标右键，选择"新建合成组"命令，新建一个合成并设置参数，如图 5-38 所示。

（2）在项目窗口的空白处双击鼠标左键，导入素材文件"013"和"nv-1"，如图 5-39 所示。

（3）将两个素材拖到时间线窗口中，调整层顺序，将山体"013"放在女孩素材"nv-1"的下面，如图 5-40 所示。

（4）在时间线窗口中，选择女孩素材"nv-1"，选择"效果"→"键控"→"颜色差异键"命令，进行蓝屏抠像，如图 5-41 所示。

（5）再次选择"效果"→"键控"→"溢出控制"命令，调整这两个键控命令的参数，如图 5-42 所示，这样将女孩蓝色背景彻底去除掉，效果如 5-43 所示。

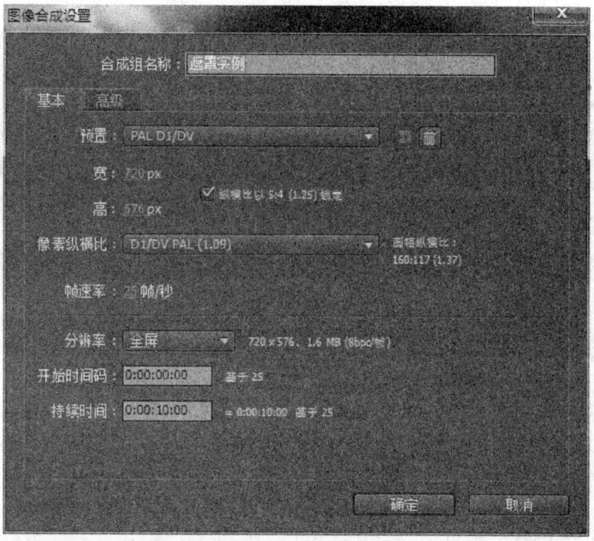

图 5-38　新建合成

图 5-39　导入素材

图 5-40　调节层顺序

图 5-41　颜色差异键

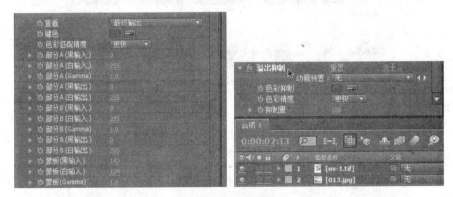

图 5-42　参数调整

图 5-43　去除蓝色背景效果

（6）在时间线窗口中，选择女孩素材"nv-1"，使用"矩形遮罩工具"在合成窗口中绘制遮罩，如图 5-44 所示。

图 5-44　绘制遮罩

（7）在时间线窗口中，将时间指示器放置在 2 秒位置，选择该素材遮罩属性，单击"遮罩形状"前的时间码表，在 2 秒位置处记录第一个关键帧，如图 5-45 所示。

图 5-45　建立第一个关键帧

（8）将时间指示器移到第 0 帧位置，使用选择工具框选已经建立好的矩形遮罩图形最下面的 2 个控制点，并将其向上移动直到头顶部位，如图 5-46 所示。

图 5-46　移动遮罩

（9）系统将自动在 0 帧位置自动建立第二个关键帧，一个简单的遮罩动画就完成了，按 0 键预览动画效果，如图 5-47 所示。

图 5-47　预览动画

本章小结

本章主要学习了遮罩的相关知识及遮罩的应用实例，读者应该重点掌握遮罩的绘制、编辑、遮罩参数的设置，并可以通过关键帧设置制作遮罩动画。只要将这些知识灵活地应用到实践创作中去，并不断钻研，大家一定能够利用遮罩制作出令人惊叹的优秀作品。

第6章 抠像技术

本章所要学习的抠像效果和遮罩一样，也是后期制作中不可或缺的一个重要模块，在影视后期制作中抠像应用得非常广泛，通过抠像技术可以将需要的区域合成到其他场景之中以达到合成的目的。本章主要学习抠像的相关知识及抠像的应用实例。

6.1 抠像的概念

抠像即键控技术，在影视合成制作领域是被广泛采用的技术手段。在影视拍摄制作过程中，有时演员在绿色或蓝色构成的背景前表演，但这些背景在最终的影片中是见不到的，就是运用了键控技术，用其他背景画面替换蓝色或绿色背景，这就是"蓝屏抠像"或叫"绿屏抠像"。当然，抠像并不是只能用蓝色或绿色背景，只要是单一的、比较纯的颜色就可以，但是与演员的服装、皮肤的颜色反差越大越好，这样使用键控比较容易实现抠像目的。如果是实时的"抠像"就需要视频切换台或者支持实时色键的视频捕获卡，但价格比较昂贵。在 After Effects 中，实现键控的工具都在特技效果中来实现，After Effects CS4 内置的键控特效包括 CC 简单金属丝擦除、差异蒙版、亮度键、keylight(1.2)、内部/外部键、色彩范围、提取(抽出)、线性色键、颜色键、颜色差异键、溢出抑制等。

6.2 颜色键操作实例

6.2.1 颜色键抠像操作实例

对于指定的单一背景颜色，可称为键控色，利用颜色键抠像当选择了一个键控色(即吸管吸取的颜色)时被选颜色部分变为透明，利用这一原理可以进行较简单的合成抠像。

(1) 启动 After Effects，在项目窗口空白处单击鼠标右键，选择"新建合成组"命令，新建一个合成，如图 6-1 所示。

(2) 在项目窗口空白处双击，导入奔跑小人的系列帧素材文件。导入系列帧素材时，选择第一张人物图片，然后选中"JPEG 系列"复选框，如图 6-2 所示，单击"打开"按钮将素材导入到项目窗口中。

(3) 在项目窗口空白处双击，导入"动物场景.psd"文件素材，在弹出的对话框中选择

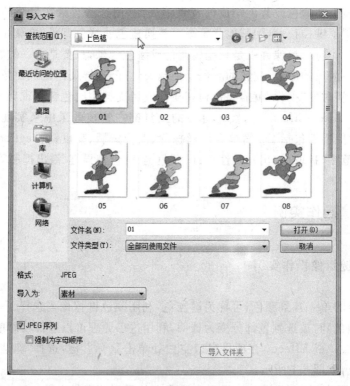

图 6-1　新建合成

图 6-2　导入系列帧素材

"背景"图层,将背景导入,素材尺寸为"文档大小",导入的素材将为"动物场景.psd"文件大小尺寸,设置如图 6-3 所示。

(4)将素材拖到时间线窗口中,调整层顺序,将"奔跑的小人"图层放在"动物场景"图层的上面,如图 6-4 所示。

图 6-3 导入背景素材

图 6-4 调整图层顺序

（5）选中"奔跑的小人"图层，选择"效果"→"键控"→"颜色键"命令，如图 6-5 所示。

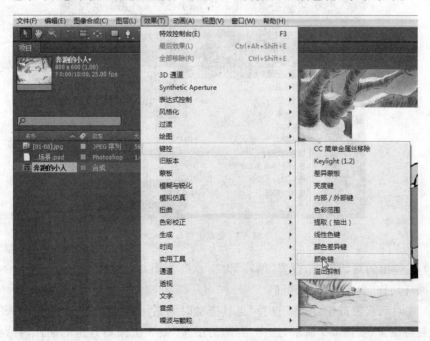

图 6-5 颜色键

(6) 在"特效控制台"中使用"键颜色"吸管工具,单击合成窗口中"奔跑小人"的白色背景,白色背景立刻变成透明,再次调整左边特效控制台中"颜色键"3 个键控参数,去除"奔跑的小人"边缘白色,这样白色背景将完全透明,如图 6-6 所示。

图 6-6　参数调节

(7) 在项目窗口中选择"奔跑的小人"素材,单击右键选择"定义素材"→"主要"命令,如图 6-7 所示。

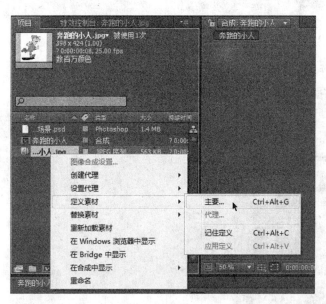

图 6-7　使用主要命令

(8) 在弹出的对话框中,设置"循环"为"3 次",如图 6-8 所示,这样该"奔跑的小人"将做 3 次循环动作,以延长奔跑时间。

(9) 在时间线窗口中,使用"选择"工具拖动时间指示器附近的"奔跑的小人"图层色块条到最后位置,如图 6-9 所示,这样"奔跑的小人"做 3 次循环奔跑的动作,奔跑的时间就延长了,速度不变,按空格键预览奔跑动作,发现太快,进一步对速度进行调整。

图 6-8 循环设置

图 6-9 拖动小人图层色块

（10）在时间线窗口中选中"奔跑的小人"图层,选择"图层"→"时间"→"时间伸缩"命令,如图 6-10 所示。

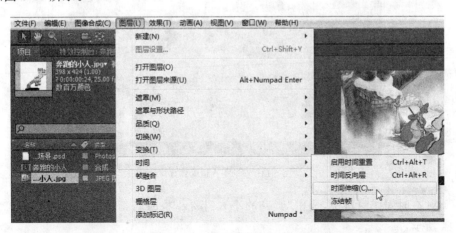

图 6-10 使用时间伸缩命令

（11）在弹出的对话框中,将"伸缩功能"参数设置为 300％,如图 6-11 所示;小人奔跑的速度将会放慢 3 倍,它奔跑的速度便呈现正常的奔跑速度。

（12）在时间线窗口中,选中"奔跑的小人"图层,单击小三角形打开"层变换属性",将时间指示器放到第 0 帧位置,单击位置属性的"时间码表"按钮,系统将会在第 0 帧位置自动建立位置属性关键帧,如图 6-12 所示。

（13）在合成窗口中使用"选择"工具拖动"奔

图 6-11 奔跑速度的设置

图 6-12　激活关键帧

跑的小人"的 8 个控制点,调整"奔跑的小人"在画面中的大小形状,并向左边拖到窗口外的边缘位置,使"奔跑为小人"能从左边窗口开始向右边窗口奔跑移动,如图 6-13 所示。(注意:此时的时间指示器始终停留在第 0 帧的位置。)

图 6-13　移动小人位置到窗口

（14）在时间线窗口中,选中"奔跑的小人"图层,将时间指示器拖到 2 秒的位置,如图 6-14 所示。

图 6-14　拖动时间指示器

（15）接下来使用"选择工具"在合成窗口中把"奔跑的小人"向右边拖到窗口的边缘位置，如图 6-15 所示，系统将会在第 2 秒帧位置自动建立第 2 个位置属性关键帧。同时，调节移动手柄以调整奔跑的路径。

图 6-15　移动小人位置并调整路径

（16）在时间线窗口中拖动"工作区域结束点"到 2 秒位置，按"0"键预览动画，如图 6-16 所示。

图 6-16　拖动"工作区域结束点"

6.3　蓝屏抠像

随着数字技术的进步，通道提取成为数字合成的重要技术。很多影视作品都是通过把摄影棚中拍摄的内容与外景拍摄的内容以通道提取的方式叠加，来创建出更加精彩的画面合成效果的，这种常用的抠像手段被称为蓝屏或绿屏抠像。

6.3.1　蓝屏抠像的概念

蓝屏技术是提取通道最主要的手段，它是利用角度的区别，去掉蓝色或绿色背景，而保留人物或其他需要合成的内容，所以蓝屏幕技术有个学名叫色度键。由于抠像的背景常常选择蓝色，故称为蓝屏抠像。

6.3.2 蓝屏抠像原则

1. 总体原则

蓝屏抠像的原则就是前景物体上不能包含所选用的背景颜色。专业软件一般还允许设定一定的过渡颜色范围,在这个范围之内的像素,其 Alpha 通道设为 0～1 之间,即半透明。通常这种半透明部分出现在前景物体的边缘。适当的半透明部分对于合成的质量非常重要,因为非此即彼的过渡会显得很生硬,而且在活动的画面上很容易发生边缘冷却等结果。

2. 选色原则

从原理上讲,只要背景所用的颜色在前景画面中不存在,用任何颜色做背景都可以,但实际上,最常用的是蓝背景和绿背景两种。原因在于人身体的自然颜色中不包含这两种色彩,用它们做背景不会和人物混在一起;同时这两种颜色是 RGB 系统中的原色,也比较方便处理。我国一般用蓝背景,在欧美国家绿屏幕和蓝屏幕都经常使用,尤其在拍摄人物时常用绿屏幕,因为很多欧美人的眼睛是蓝色的。

为了便于后期制作时提取通道,进行蓝屏幕拍摄时,有一些问题要考虑到:首先,前景物体上不能包含所选用的背景颜色,必要时可以选择其他背景颜色;其次,背景颜色必须一致,光照均匀,要尽可能避免背景或光照深浅不一,有时当背景尺寸很大时,需要用很多块布或板拼接而成。总之,前期拍摄时考虑得越周密,后期制作就越方便,效果也越好。

6.3.3 蓝屏抠像操作实例

下面用一个例子来学习如何进行蓝屏抠像。

(1)启动 After Effects,在项目窗口空白处单击鼠标右键,选择"新建合成组"命令,新建一个合成,如图 6-17 所示。

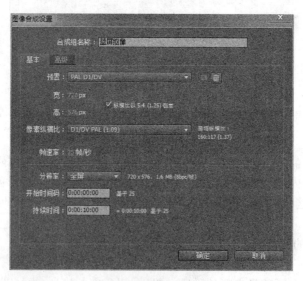

图 6-17 新建合成

(2)在项目窗口空白处双击,导入"女人"与"高山"素材,如图 6-18 所示。

图 6-18　导入素材

　　（3）将项目窗口中的两个素材文件拖到时间线窗口中，并调整图层顺序，将"女人"图层放置在"高山"图层的上面。

　　（4）在时间线窗口中选中"女人"图层，选择"效果"→"键控"→"颜色差异键"命令，如图 6-19 所示。

图 6-19　颜色差异键

（5）在"特效控制台面板"中调节颜色差异键特效的参数，使得"女人"图层的蓝色背景被完全透明，如图 6-20 所示。图 6-21、6-22 为调节前后的参数对比。对于调节参数需要提醒的是要观察 Alpha 通道黑白图像变化，黑色区域要尽可能的完全透明，白色区域要尽可能完全不透明，这样键控出来的图像就越清晰，效果越好，调整参数的同时，要注意观察合成窗口中图像的效果，并及时调整参数。调整参数的重点可以考虑蒙版（黑输入）和蒙版（白输入），这样可快速达到理想的抠像效果，当然调整其他参数也可以达到同样目标。

图 6-20　抠像前后对比

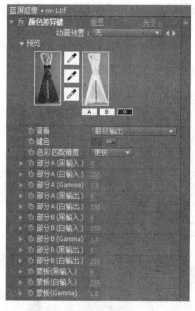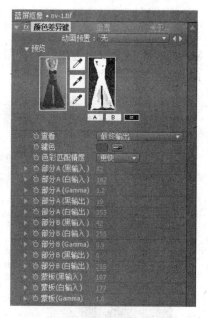

图 6-21　调整前颜色差异键参数　　　　　　图 6-22　调节后颜色差异键参数

6.3.4　溢出抑制

溢出控制器，可以去除键控后图像残留的键控色的痕迹，这些溢出的键控色常常是

由于背景的反射造成的环境色彩。其参数解释如下：

色彩抑制：用于设置"溢出颜色"。单击吸管，移动吸管选取抑制的颜色。

色彩精度：用于算法的选择，可以选择更快（主要针对红绿蓝色）和更好。

抑制量：用于设置抑制程度。

溢出抑制特效需要与其他键控特效结合使用才能发挥它的最大作用。

在色彩差异键实例中继续作以下调整：

（1）在时间线窗口中选中"女人"图层，选择"效果"→"键控"→"溢出抑制"命令，如图 6-23 所示。

（2）在特效控制台中调节参数，如图 6-24 所示。最后获得的图像效果如图 6-25 所示。

图 6-23　溢出抑制

图 6-24　调节溢出抑制参数

图 6-25　添加溢出抑制前后效果对比

本章小结

抠像技术是影视后期合成制作中的一个重要环节和功能模块，并在影视后期合成制作中被常常用到，学好抠像技术的相关知识，将为影视特效制作提供更广阔的创作空间，大大增强影视创作的想象能力。

第7章 色彩校正

在前期的影片拍摄制作过程中,可能会或多或少的存在一些偏色问题,或者为了使影片达到某种特殊的色彩效果,在这种情况下,往往需要利用后期软件来进行调色。本章主要学习 After Effects 的色彩校正。

7.1 色彩校正功能介绍

色彩校正亦称为色彩调整,在影视制作的前期拍摄中,拍摄出来的图片或视频影像由于受到自然环境、光照和设备等客观因素的影响,有的拍摄画面与真实效果有一定的偏差,可能会出现偏色、曝光不足或者是曝光过度的现象,这时就必须对画面进行色彩校正处理,并优化源素材。同时,又要确保不同画面之间的颜色一致,达到导演所要求的特殊色彩视觉效果和影像效果。在 After Effects 等后期制作软件中,通过色彩校正的功能就可以实现优美的影像色彩这一目标。

After Effects CS4 内置色彩校正特效包括 CC 调色、CC 颜色偏移、PS 任意贴图、彩色光、独立色阶控制、更改颜色、分色、广播级颜色、曝光、亮度与对比度、浅色调、曲线、三色调、色彩均化、色彩链接、色彩平衡、色彩平衡(HLS)、色彩稳定器、色阶、色相位/饱和度、通道混合、阴影/高光、增益、照片滤镜、转换颜色、自动电平、自动对比度、自动颜色等特效,如图 7-1 所示。后面将通过实例分重点来讲解部分常用色彩校正特效。

(1) CC 颜色偏移:系统根据红、绿、蓝三个色相来调整改变整体画面的色彩,如图 7-2 所示。

(2) CC 调色:通过对高光、中间色、阴影的颜色选择变换,来改变图像的色彩,它与"三色调"效果十分接近,如图 7-3 所示。

(3) 彩色光:通过对输入输出色相的位移的改变,可以产生绚丽多彩的色彩变化效果,如图 7-4 所示。该命令以一种渐变色进行平滑填充,常用来制作彩虹、荧光灯等效果。

(4) 亮度和对比度:通过它将调整图像中所有像素的亮部、暗部和中间色的亮度和暗度,并进行明暗对比度调整,但不能用它单独调节某一个通道,如图 7-5 所示。

(5) 曝光:通过模拟照相机抓拍图像时对曝光率设置的修改原理来获得效果的,通过对通道信息进行分析,可以增强曝光和减弱曝光,从而对图像进行整体校正,如图 7-6 所示。

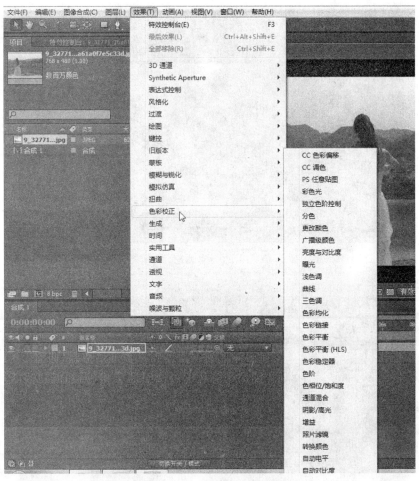

图 7-1 After Effects CS4 内置色彩校正功能

图 7-2 CC 颜色偏移

图 7-3　CC 调色

图 7-4　彩色光

图 7-5　亮度和对比度

图 7-6 曝光

　　(6)颜色均化:用来使图像变化平均化,颜色均化通过选择均衡方式来调整。选择"亮度值"方式使画面色调接近水墨色调;选择 RGB 和 Photoshop 方式,使画面色彩风格亮丽、干爽;可以配合"三色调"命令制作枯黄的老照片效果,如图 7-7 所示。

图 7-7 颜色均化

　　(7)颜色链接:可以根据周围环境改变色彩的颜色,对于合成进来的素材统一光色非常有效,将一个层中的颜色信息附于另一个层,它是通过计算 Source Layer(来源层)图像像素的平均值来对效果层重新定义颜色。该滤镜可以很快捷地选择一个层的颜色信息匹配出合适的背景层的颜色,而"色彩稳定器"是将合成进来的素材与周围环境光进行

统一。

(8) 色彩平衡：可以根据阴影、中值、高光模式下各红、绿、蓝通道色彩来调整和改变图像色彩亮度和色彩平衡，还可以保值图像原有的亮度，如图 7-8 所示。

图 7-8　色彩平衡

(9) 色相位/饱和度：用于调整图像中颜色的整体图像色相、饱和度和亮度。其应用的效果与色彩平衡相同，但该命令利用的是颜色相位调整来进行控制，如图 7-9 所示。

图 7-9　色相位/饱和度

(10) 通道混合：可以用当前彩色通道的值来修改一个彩色通道，应用通道混合可以产生其他颜色调整工具不易产生的效果；或者通过设置每个通道提供的百分比产生高质

量的灰阶图,或者产生高质量的棕色调和其他色调图像,或者交换和复制通道,如图 7-10
所示。

图 7-10 通道混合

(11) 阴影/高光:用来单独处理阴影区域或者高光区域。经常用来处理逆光画面背
光部分丢失的细节,或者强光下亮部细节丢失的问题。

(12) 增益:用来调整每个 RGB 独立通道的还原曲线值,这样可以分别对某种颜色
进行输出曲线控制,如图 7-11 所示。

图 7-11 增益

（13）照片滤镜：模拟照相机滤镜效果，主要用于纠正图像中轻微的色彩偏差，或给视频图像添加一些滤镜颜色，滤镜内置了 18 种常用的色彩模式，还可以自定义色彩模式，这样可以快速获得丰富的滤镜色彩效果，如图 7-12 所示。

图 7-12　照片滤镜

（14）转换色彩：可以用指定的颜色来替换图像中的某种颜色的色调、明度以及饱和度的值，在进行颜色转换的同时也添加一种新的颜色，如图 7-13 所示。

图 7-13　转换色彩

（15）自动颜色：系统根据图像的高光、中间色和阴影色的值来调整原图像的对比度和色彩。在默认情况下，自动颜色滤镜使用 RGB 为 128 的灰度值作为目标色来压制中

间色的色彩范围,并降低 5％ 阴影和高光的像素值。

(16) 自动对比度:能够自动分析层中所有对比度和混合的颜色,将最亮和最暗的像素映射到图像的白色和黑色中,使高光部分更亮,阴影部分更暗。

(17) 自动色阶:用于自动设置高光和阴影,通过在每个存储白色和黑色的色彩通道中定义最亮和最暗的像素,然后按比例分布中间像素值。

(18) 电平:用于将输入的颜色范围重新映射到输出的颜色范围,还可以改变伽马正曲线。电平主要用于基本的影像质量调整、效果控制参数。

(19) PS 任意贴图:用于调整图像的色调的亮度级别。通过调用 Photoshop 的图像文件(.amp)来调节层的亮度值,或重新映射一个专门的亮度区域来调节明暗及色调。

(20) 广播级色彩:用于校正广播级的颜色和亮度。电视信号发射受带宽的限制,我国用的 PAL 制发射信号带宽为 8MHz,美国和日本使用的 NTSC 发射信号带宽为 6MHz,此外还包括音频的调制信号,进一步限制了带宽。所以并非在计算机上看到的所有颜色和亮度都可以反映在最终的电视信号上,而且一旦亮度和颜色超标,会干扰到电视信号中的音频而出现杂音。那究竟什么样的信号不会超过电视台的播出技术标准呢?如我们通常见到的彩条信号,它的亮度和颜色饱和度大约是可见光范围的 75％,所以也称为 75％ 彩条,制作中应用的颜色和亮度应低于这个值。在电视台的合成机房中,包含有两个信号监测的是波器,一个叫波形示波器,监视亮度信号的幅度;一个叫矢量示波器,监视颜色信号的饱和度,在后期制作中使用广播级色彩命令可以有效监控影视的有效色彩和亮度,使影视作品更好的在电视平台上实现最佳的播放效果。

(21) 色阶:色阶在 After Effects CS4 中分为"独立色阶"和"色阶",前者是后者的独立扩展,允许用户针对各个通道单独进行颜色级别调节,也是影视制作中最为常用的初始校色的重要功能之一。

7.2 曲线校色

7.2.1 曲线

曲线校色在 After Effects 中是一个非常重要的校色工具,它用于调整图像的色调曲线,通过改变效果窗口的曲线来改变图像的色调。也可以用电平完成同样的工作,但是曲线的控制能力更强,通过它可以对图像的各个通道进行控制以及调节图像色调范围,可以用 0～255 的灰阶来调节任意点的色彩,使用曲线进行颜色校正可以获得更大的自由度,可以在曲线上的任意一个位置添加控制点,以做出更精确的调整,而且不损失色彩。

曲线校色是通过在曲线上添加并操作控制点的方法来实现,可对主通道,也能对 R、G、B 单通道或它们的组合通道进行调节,曲线校色面板如图 7-14 所

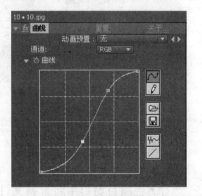

图 7-14 曲线调节面板

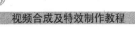

示,通过对曲线上"点"位置调节,可以把图像色彩调节得更加美观。

　　曲线调整中,如果画面太亮且灰,缺少饱和度,黑色的部分存在明显的不足,比如说画面中应该黑的颜色像头发、眼睛等不够黑,画面不够生动,用 After Effects 中的"曲线"来调比较合适,它相当于图像曝光的伽玛曲线。电影胶片的伽玛曲线呈现长"S"形,它的灰度感觉很生动,要使电视摄像镜头尽可能接近胶片的效果,就要对"曲线"进行调整。可添加大约 14 个控制点来调整曲线,这就是"曲线"能更精确地控制画面的原因。通过对曲线的调整,黑色的部分补充进来,让图像应该黑的地方被"压"下去,该亮的地方被"提"起来,这样色调也均衡了,整个画面都明显生动了许多。还有一种方法是利用图层的叠加模式来调整,在 After Effects 中将素材复制一层,将上面一层的叠合方式设为柔光,这时候你会发现所有的色彩都变饱和了,而且暗部加重,画面有了份量。然后,将该层做一点模糊,整个画面就变得柔和了,颗粒噪波减弱了很多。

7.2.2　曲线校色实例

　　操作步骤如下:

　　(1) 启动 After Effects,单击工具栏中的"图像合成",在弹出的下拉菜单中选择"新建合成组"命令,设置合成如图 7-15 所示。

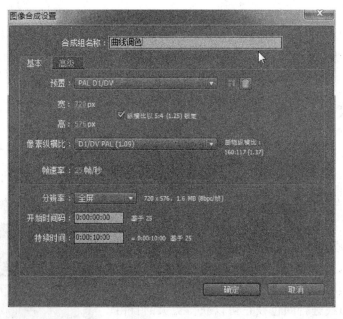

图 7-15　新建合成

　　(2) 选择"文件"→"导入"→"文件"命令,在弹出的对话框中选中所要导入的素材文件"16",如图 7-16 所示。

　　(3) 在项目窗口中将素材文件"16"拖到时间线窗口中,将鼠标光标移到该图层上,单

图 7-16　导入素材

击鼠标右键,在弹出的快捷菜单中选择"效果"→"色彩校正"→"曲线"命令,如图 7-17
所示。

（4）在特效控制台窗口中展开"曲线"属性,在曲线上添加 3 个曲线控制点并调节它
们的位置,如图 7-18 所示。

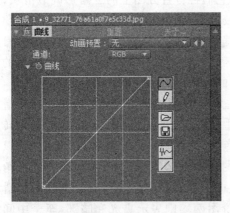

图 7-17　曲线

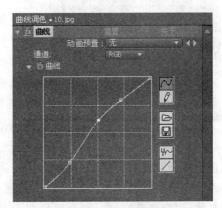

图 7-18　曲线校色

（5）图像曲线调色效果如图 7-19 所示。

图 7-19　图像效果

7.3　使用色阶的一级校色

7.3.1　色阶

色阶是 After Effects 中最常用的调色工具之一。色阶由 5 种基本控件组成,它们是输入黑场、输入白场、输出黑场、输出白场以及 Gamma 值。每个控件都可以在 5 个分隔的环境中进行调整(可以把它们应用到 4 个独立的图像通道——红、绿、蓝和 Alpha 通道,也可以把它们同时应用到 RGB 三个颜色通道)。通过它们的数字滑块,或者拖动它们各自直方图上的三角形调节滑块,来调整色阶的校色,如图 7-20 所示。

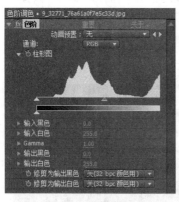

图 7-20　色阶控制面板

色阶根据图像中每个亮度值(0～255)处的像素点的多少进行区分。右面的白色三角滑块控制图像的深色部分,左面的黑色三角滑块控制图像的浅色部分,中间那个灰色三角滑块则控制图像的中间色。移动滑块可以使通道中(被选通道)最暗和最亮的像素分别转变为黑色和白色,以调整图像的色调范围。因此,可以利用它调整图像的对比度,靠左的滑块用来调整图像中暗部的对比度;右边的白色三角用来调整图像中暗部的对比度。左边的黑色滑块向右移,图像颜色变深;右边的白色滑块向左移,图像颜色变浅。两个滑块各自处于色阶图两端则表示高光和暗部,至于中间的灰色三角滑块,它控制着 Gamma 值,而 Gamma 值用来衡量图像中间调的对比度。改变 Gamma 值可改变图像中间调的亮度值,但不会对暗部和亮部有太大的影响。将灰色三角滑块向右移动,可以使中间调变暗,向左稍动可使中间调变亮。

7.3.2　色阶应用实例

操作步骤如下：

（1）启动 After Effects，在项目窗口空白处单击右键，新建一个合成，命名为"色阶调色"并设置合成项目的各个参数，如图 7-21 所示。

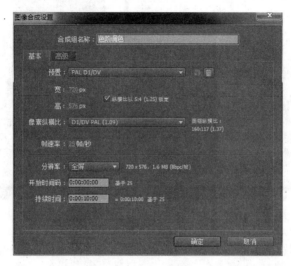

图 7-21　新建合成

（2）选择"文件"→"导入"→"导入文件"命令，在弹出的对话框中选择女孩拉琴素材文件，素材选择完毕后，单击"打开"按钮即可，如图 7-22 所示。

图 7-22　导入素材

（3）将项目窗口中的素材文件拖到时间线窗口中，按快捷键"S"调整图像的比例大小，使图像适配合成窗口的大小，如图 7-23 所示。

（4）在效果与预置面板中单击"色彩校正"左边的小三角，在展开的下拉菜单中选中"色阶"，如图 7-24 所示，将其拖到图像合成窗口中。

图 7-23　调整图像缩放比例　　　　　　　　　　图 7-24　添加色阶效果

（5）在特效控制台面板中选中"色阶"，在 RGB 通道中，将通道类型设置为"红"，将左边的三角滑块移动到白色区域开始的位置，观看画面效果，如图 7-25 所示。

图 7-25　调节"红"通道参数

（6）将通道类型设置为"绿"，将左边的三角滑块移动到白色区域开始的位置，观看画面效果，如图 7-26 所示。

图 7-26 调节"绿"通道参数

(7) 将通道类型设置为"蓝",将左边的三角滑块移动到白色区域开始的位置,观看画面效果,如图 7-27 所示。

图 7-27 调节"蓝"通道参数

(8) 再次返回 RGB 通道,观察色彩调整后的变化,图像色彩较接近于原色,图像效果如图 7-28 所示。

(9) 一级初始校色处理完成后,按 Ctrl+S 组合键保存项目文件。

图 7-28　返回 RGB 通道

7.4　使用插件的二级校色

二级校色是在一级初始校色的基础上对局部进行调节。二级校色就是对图像局部进行校色,因为它是在第一轮校色后进行的,所以称为二级校色,本节介绍如何使用 Color Finesse 插件进行二级校色,该插件提供了强大的专业校色功能,同时还将介绍 Magic Bullet Mojo 插件的校色功能。

7.4.1　Color Finesse 2 的安装及使用

Color Finesse 2 的安装步骤如下:

(1) 双击该插件的安装程序,开始安装该插件,安装界面如图 7-29 所示,单击"下一步"按钮。

(2) 在选择安装路径时一定要安装在 After Effects CS4 的 Plug-ins\Effects\ 目录下,如 D:\Program Files\Adobe\Adobe After Effects CS4\Support Files\Plug-ins\Effects\Color Finesse 2,如图 7-30 所示。

(3) 继续下一步安装,选中"插件:After Effects CS4"选项,如果是其他版本的插件应选择相应的版本,如图 7-31 所示。单击"下一步"按钮,直到完成安装。

下面以用色阶进行了一级校色的"拉琴的女子"图片为例简单介绍如何使用 Color Finesse 2 进行二级校色。

(1) 启动 After Effects CS4,并打开一级校色后的"拉琴的女子"的文件,继续进行二级校色文件,选择图层,然后选择"效果"→Synthetin Aperture→SA Color Finesse 2 命令,如图 7-32 所示。

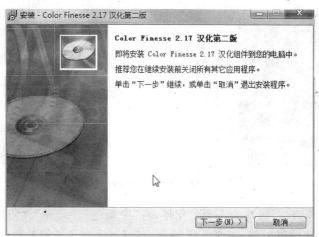

图 7-29 Color Finesse 2 安装界面

图 7-30 选择安装路径

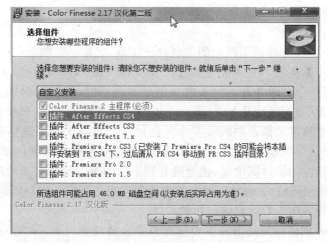

图 7-31 选择版本

图 7-32　选择 SA Color Finesse 2 命令

（2）展开"色调偏移"属性的 4 个色相环，将"中间色"、"高光"、"阴影"拖向偏色的对抗色，以调整偏色的图像影像，如图 7-33 所示，这样就完成了二级校色。

图 7-33　偏色调节

7.4.2　SA Color Finesse 3 简介

SA Color Finesse 3 提供了高端的颜色修正工具，之前一些功能仅仅在专业的、高端颜色修正系统上才能实现。它使颜色修正工作变得快捷、简单、精确。Color Finesse 使用了 32 位的浮点颜色空间并有着惊人的分辨率和色容度，可控制阴影、中间调、高光的修正，可在 HSL、RGB、CMY 及 YC6CR 颜色空间上完成修正工作，可使用自动的颜色比较和黑白灰平衡和自定义修正曲线及 6 个间色修正通道等工具来选择和校正单独的矢量颜色。使用"摇动"和"放大"工具可用于预览图像，便于检查最终的修正结果，甚至当在小显示器上修正大的影片图像时，也能观看修正后的图像细节。新增加了蒙版模式和 Alpha 通道模式和预览模式，对外部预览监视器的支持已被嵌入到新版的插件中，可以方便地在第二台监视器中查看颜色修正后的结果。

Color Finesse 插件的简易面板主要包含色阶自动校正（Levels-Auto Correct）、色彩偏移（Hue Offset）、曲线（Curves）、HSL、RGB 及限制（Limiter）六大调色特效。

（1）色阶自动校正（Levels-Auto Correct）包括自动颜色（Auto Color）和自动曝光

（Auto Exposure）功能，如图 7-34 所示。

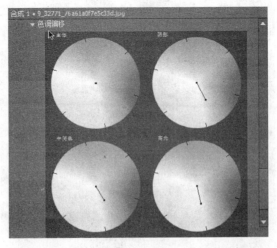

图 7-34　色阶自动校正

（2）色彩偏移（Hue Offset）包含主体（Master）、阴影（Shadows）、中间调（Midtones）及高光（Highlights）4 个调色参数，如图 7-35 所示。

图 7-35　色彩偏移

（3）曲线（Curves）包含主体、红（Red）、绿（Green）、蓝（Blue）4 个通道，其功能与 After Effects 自带插件"曲线"的功能相同，如图 7-36 所示。

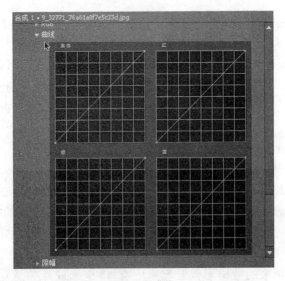

图 7-36　曲线

（4）HSL 包含主体、阴影、中间调及高光 4 个调色参数，在 4 个调色参数里面都包含了色彩（Hue）、饱和度（Saturation）、亮度（Brightness）、对比度（Contrast）、中心对比（Contrast Center）、RGB 增益（RGB Gain）、Gamma 及基准等 8 个参数，如图 7-37 所示。

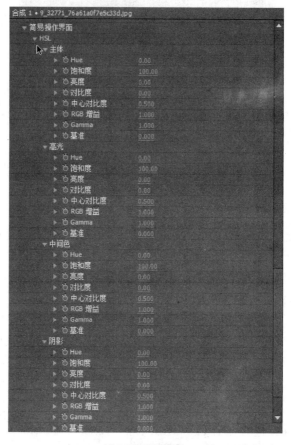

图 7-37　HSL 参数

（5）RGB 包含主体、阴影、中间调及高光 4 个调色属性，在这些调色属性里面又包含多个参数属性，如图 7-38 所示。

（6）限制（Limiter）参数面板可用于对视频播放的色彩幅度进行控制和调节。

可见，Color Finesse 插件将校色中常见而重要的色彩控制特效进行了整合，大大提高了工作效率和减轻了色彩调节的难度，使初学者能快速地理解和掌握影像色彩的调整。

7.4.3　Magic Bullet Mojo 的安装及使用

插件 Magic Bullet Mojo 是一个为 Adobe Premiere Pro、Apple Final Cut Pro、Avid Xpress Pro、Motion 及 Sony Vegas 等影像后期处理软件特别设计的插件，通过使用它可以使数码作品看起来更像好莱坞的大片，能轻松实现好莱坞大片中的各种特效，而成本则易于接受。Magic Bullet Mojo 可以自定义高达 55 种环境色彩，包括修改影像的明暗度、对比度以及使拍出来的数码影像看起来更有 35 毫米胶片的感觉。使用者可以从弹

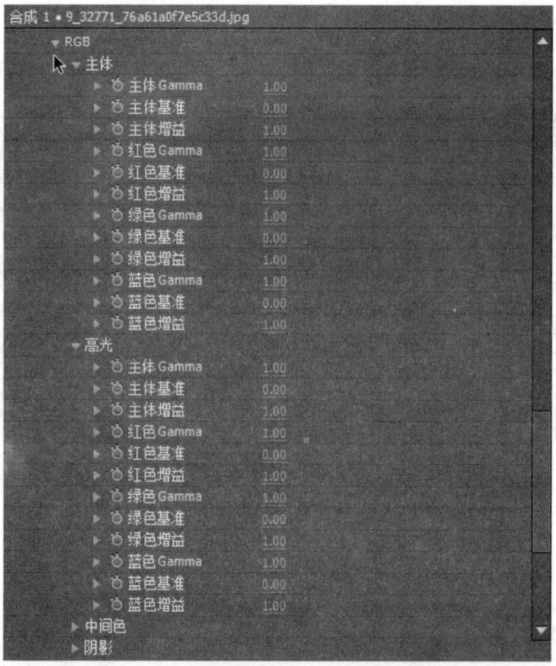

图 7-38 RGB 参数

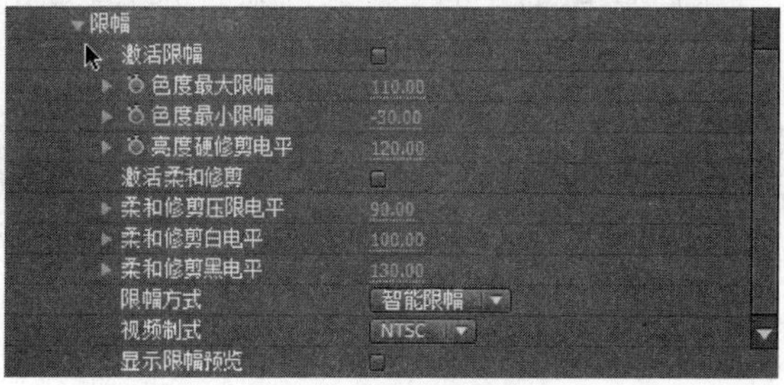

图 7-39 限制参数

出窗口中选择预设效果或者自行处理,并可以将修改过的设定保存到特定的文件夹中方便日后选用。同时,它还包括了一个被称作 Misfire 的工具,能使录好的影片在屏幕上回放时充满嘈杂的信号、雪花、污点,从而使影片看起来更像是 20 世纪 50 年代的老片。下面就来介绍 Magic Bullet Mojo 校色插件的主要功能模块。

Magic Bullet Mojo 为 PC 调色带来了技术革命,它最大的亮点就是"快",快速预览,快速渲染。它在 After Effects 与 Adobe Premiere 中的表现和内置插件速度基本一致,渲染的质量也非常理想,可以高质量输出影像作品,适合高标准电影和播放的专业要求。Mojo 自身拥有的肤色处理系统,在剪辑软件里是极其罕见的,它可以分离控制影片的背景和皮肤色调,控制界面方便、操作简单,是十分理想的快速校色插件。

1. Magic Bullet Mojo 的安装

安装步骤如下:

(1)注意要选择适合当前版本软件使用的 Magic Bullet Mojo 版本。下面以 After Effects CS4 为例进行介绍。双击 Magic Bullet Mojo AE 1.1 安装插件,启动安装向导,单击 Next 按钮，开始安装，如图 7-40 所示。

图 7-40　开始安装插件

（2）在进入到要求输入序列号的界面时，注意此时不要输入序列号，只要单击 Done 按钮继续进行安装即可，如图 7-41 所示。

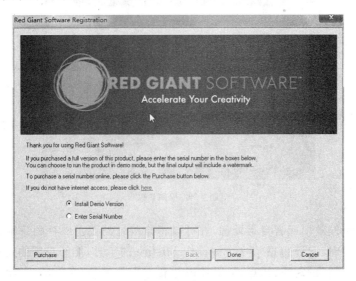

图 7-41　输入序列号界面

（3）在选择安装路径时，一定要安装在 After Effects CS4 的 Plug-ins\Effects\目录下，例如 D:\PROGRAM FILES\ADOBE\ADOBE AFTER EFFECTS CS4\SUPPORT FILES\PLUG-INS\EFFECTS，如图 7-42 所示。

（4）开始安装文件，最后单击 Close 按钮，完成该插件的安装，如图 7-43 所示。

2. Magic Bullet Mojo 的使用

下面通过实例来介绍 Magic Bullet Mojo 的使用。

（1）启动 Adobe After Effect，新建合成项目并导入素材，选择"效果"→Magic Bullet Mojo→Mojo 命令，如图 7-44 所示，在效果控制台上出现 Magic Bullet Mojo 插件的参数操作界面。

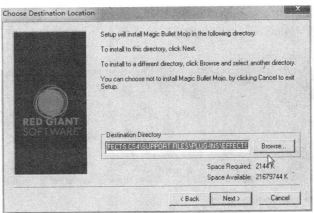

图 7-42　选择安装目录

图 7-43　安装完成

图 7-44　Magic Bullet Mojo 参数面板

（2）单击 Magic Bullet Mojo 参数面板上的"选项"，弹出注册窗口，输入注册序列号码，完成注册，如图 7-45 所示，否则合成窗口的图像上会出项红色"X"形的防伪水印。

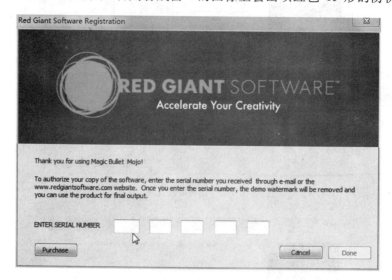

图 7-45　插件注册

（3）在参数控制面板上可以看到，前三项是 Magic Bullet Mojo 插件的特色控制区，接下来三项是全局控制区，紧接着是 Skin(肤色)控制区，最后一项是混合来源层控制，如图 7-46 所示。

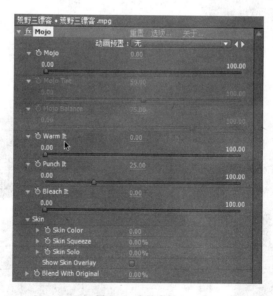

图 7-46　参数布局

（4）在全局控制区中 Warm It 为冷暖色调控制，Puch It 为对比度控制，Beach It 为饱和度控制。

① Warm It 向左方向调节为偏冷色调，向右方向为暖色调。效果如图 7-47 和图 7-48 所示。

图 7-47 向左偏冷色调

图 7-48 向右偏暖色调

② Puch It 向左方向调节为减弱对比度,向右方向调节为加强对比度。效果如图 7-49 和图 7-50 所示。

图 7-49 向左减低对比度

图 7-50 向右是加强对比度

③ Beach It 向左调节为加强饱和度的色彩,向右调节为减低饱和度色彩直到黑白色彩。效果如图 7-51 和图 7-52。

图 7-51 向左加彩色

图 7-52 向右是减颜色

（5）Skin(肤色)控制区中,Skin Color 控制皮肤颜色;Skin Squeeze 控制肤色范围;Skin Solo 控制皮肤以外的背景色彩;Show Skin Overlay 显示网格控制线,红色格子就是Magic Bullet Mojo 对人的皮肤的默认区域。

① Skin Color 控制肤色,向左方调节肤色变暖红,向右方调节肤色变青绿。效果如图 7-53 和图 7-54 所示。

② Skin Squeeze 控制肤色范围,控制范围会受 Skin Color 的影响。效果如图 7-55 和图 7-56 所示。

图 7-53　向左变暖红色

图 7-54　向右变青绿色

图 7-55　向右增强控制

图 7-56　向左降低控制

③ Skin Solo 为独立控制,可以控制皮肤以外的所有背景色彩饱和度,向左调节背景增强色彩饱和度有色彩,向右调节背景降低饱和度无彩色。效果如图 7-57 和图 7-58 所示。

图 7-57　向左有彩色

图 7-58　向右无彩色

(6) 特色控制区是十分重要的控制区域,其中各参数功能如下:

① Mojo 强化中间调、阴影、高光色彩浓度强度,配合 Mojo Balance 使用对色调进行控制。Mojo 值越向右调节,强度影响变化越大,效果如图 7-59 和图 7-60 所示。

② Mojo Tint 控制色彩绿红变化强度,向左调节变冷绿,向右调节变暖红。效果如图 7-61 和图 7-62 所示。

③ Mojo Balance 控制整个图像冷暖和平衡强度变化,向左调节变暖,向右调节变冷,效果如图 7-63 和图 7-64 所示。

以上就是对 Magic Bullet Mojo 的功能参数控制选项的介绍,使用 Magic Bullet Mojo 可在较短时间内得到好莱坞大片级的效果,因此,它是许多项目的理想选择。

图 7-59 向左减弱强度

图 7-60 向右增加强度

图 7-61 向左变冷绿图

图 7-62 向右变暖红

图 7-63 向左变暖

图 7-64 向右变冷

7.4.4 其他调色技法

随着计算机运算能力的不断提高,调色在后期制作中的运用越来越广泛,也由此产生了许多实拍达不到的艺术效果,前所未有地拓展了影视作品的表现空间和表现能力。尤其是近两年来各种模仿或逼近胶片效果的调色手法不断涌现,大概是因为胶片的色彩饱和度和颗粒细腻度让它在影视界经久不衰。但是胶转磁调色系统这种需要十几万甚至上百万元的设备才能实现的技术又让不少业内人士望而却步,因而拿视频素材来模仿胶片效果,不只是视觉上的需要,更是经济上的需要,因此就出现了各种利用软件模仿胶片效果的调色技巧和制作手法。

1)色彩强化主题

以电视栏目的片头为例,虽然只有短短的几秒或几十秒,但它是栏目方针与宗旨的具体体现,是栏目主题的凝炼与概括。要想用短小精悍的片头表现和阐明所需要表达的内容,就需要根据主题思想,运用各种色彩感情和艺术手段进行画面的构思和设计。使

画面吻合主题思想的视觉情调,从而将观众的思绪和情感带入预期的艺术境界中。

2)根据主题色调调整

After Effects的调色工具很多,在具体应用中不应局限于单独使用某一个特效,往往可以综合应用。至于具体偏色,蓝、黄,还是绿要看具体片头的主题内容来定。当将视频素材人为地提高某些色彩的纯度时,其他中间色跟不上,看起来就很假,这时候,将所有中间色调向一种色调倾斜会有助于突出主题颜色。

基本上基调的色相应该偏主题色的补色,当使整个色调倾向于蓝的时候,红和黄也会跟着变成偏紫和偏绿,这时候在色相位/饱和度里面单选紫或绿,将它在色轮上调回红和黄。最后,得到的画面是在蓝基调上的鲜明红黄,暗部色彩浓重,亮部饱和,画面颗粒细腻。

此外还可以利用固态层的叠加作统一的色调调整。如建立一个带颜色的固态层,置于图层的上面,让其与下面的图层作颜色叠加,定好大的色调,然后再复制下面的图层置顶,并调节该图层的透明度值。这种方法也能达到意想不到的效果而且速度比较快,几乎不用滤镜就能实现。

3)处理好主题色与补色的关系

一般情况下室内影像主光源为冷色,辅助光为暖色,那么暗部相对偏暖。这些特征有时在视频素材中不能得到体现,调整过程中就必须人为地使这个倾向去调。有时同是室内景,因主题色为黄或绿色,调整方向会有所区别,就需要去除一切不和谐色系。又比如室内人物多、杂乱、无主题色,那么画面必须突出光感,营造氛围。这时可以适当运用柔光的效果,但柔光不能乱用,会使画面模糊不清。在主题色和其补色之间,色彩渐变的层次越多,画面越沉稳,并且这些中性色应非常含蓄,绝对不能自己凸现出来。

本章小结

本章主要介绍了After Effects中常用的校色命令和After Effects中常用的几种校色方法,还介绍了几款较流行的特效校色插件。希望读者在今后的影视后期制作中不断钻研、实践,熟练掌握校色技巧。

第 8 章　动画控制

在影视合成制作中经常会遇到运动物体的追踪特效制作问题,本章就来学习 After Effects 的运动跟踪和关键帧插值及动画的时间控制技术,以帮助大家了解追踪特效的制作方法,以及关键帧速度的调节和动画时间和运动方式控制的技巧。

8.1　追踪的介绍

8.1.1　运动追踪的概念

After Effects 跟踪系统有助于精确地捕捉源素材二维空间中的运动方式,并将它应用到运动跟踪的目标图层素材中,从而精确匹配摄像机画面运动规律。

8.1.2　运动追踪介绍

运动跟踪技术是影视合成中经常使用的一项技术。比如有时需要为某个运动物体或者人物附加上一些额外的合成特效,而这些附加的特效要保持与运动物体和人物协调运动,这就需要使用运动跟踪技术,加入的特效可以通过绘画或图像处理程序甚至拍摄来进行前期制作,运动跟踪技术使得运动物体的合成特效更加协调和具有真实性。

实现运动跟踪的基本原理是:在一个运动视频素材中,定义一个需要进行运动跟踪的时间段,在该时间段中定义一个需要跟踪的区域,通过将该指定区域中的像素与整个时间段中每个后续帧的像素相匹配,来实现运动跟踪。

After Effects 的运动追踪工具能够对 5 种不同的运动方式进行追踪,即位置、旋转、位置旋转、仿射边角及角点变形。对于不同类型的运动方式采取不同的追踪类型,有时要定义多个追踪点才能完成追踪,应用运动追踪时合成图像中至少要有两个层,一个为追踪目标层,一个为链接到追踪点的层。

8.1.3　追踪搜索的特征定位

在进行追踪前首先要定义一个追踪范围,追踪范围由两个方框和一个十字线构成,根据选择的追踪类型不同,追踪范围框的数目也不同,可进行一点、两点、三点和四点追踪。

追踪点由十字线构成,并与其他层的轴心点或效果点相连。当追踪完成后,结果将以关键帧的方式记录到图片层的相关属性,通常在轴心点不变的情况下追踪点与其他层的中心相连,追踪点在整个追踪过程中不起任何作用,只是用来确定其他层在追踪完成后的位置情况。

特征区域用来定义追踪的目标范围。系统记录当前特征区域内对象的形象特征,然后在后续帧中对这个特征进行匹配追踪,进行运动追踪要保证特征区域有较强的颜色和亮度特征,与其他区域有高度的反差。因此前期拍摄也就十分重要,要在拍摄过程中准备好追踪特征物体,以便在后期的制作中方便地实现运动追踪的合成效果。

搜索区域用来定义下一帧的追踪区域。其大小与追踪物体的运动速度有关,一般情况下被追踪素材的运动速度越快,运动物体的位移就越大,这时搜索区域也要跟着增大,要让搜索区域紧紧锁定运动物体的移动范围,以保证在对运动物体的追踪过程中,追踪不会中途丢失,造成追踪失败。

8.2 运动追踪操作实例

下面以一个实例来介绍如何制作运动追踪特效。操作步骤如下:

(1) 新建合成组命名为"运动的摩托车",设置如图 8-1 所示。新建的项目尺寸为摩托车大小的视频尺寸,方便后面的制作。

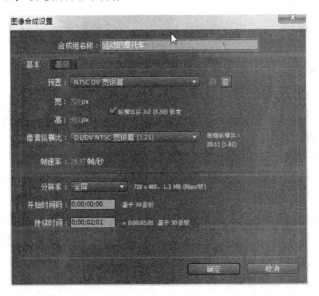

图 8-1　新建合成项目

(2) 导入素材"天空"和"运动的摩托车",如图 8-2 所示。"运动的摩托车"为运动的跟踪目标,"天空"为背景素材,将素材拖曳到时间线窗口中。

(3) 在时间线窗口中,将"天空"素材放置在"运动的摩托车"的素材之上。选中"天空"素材,在合成窗口中拖动该图像的控制点,以匹配摩托车图层天空的大小,将摩托车图层的天空完全遮盖住,如图 8-3 所示。

图 8-2 导入素材

图 8-3 适配图层大小

（4）选中"天空"图层，选择"效果"→"过渡"→"线性擦除"命令，如图 8-4 所示。

（5）在特效控制台面板中对"线性擦除"命令进行参数调整，"擦除角度"设置为 0，
"完成过渡"设置为 52％，"羽化"设置为 131.0，如图 8-5 所示。

图 8-4　线性擦除命令

（6）"线性擦除"参数设置完成后,得到一个渐变的云层效果,如图 8-6 所示。

图 8-5　参数设置

图 8-6　渐变云层背景

（7）接下来开始进行运动跟踪捕捉,目的是让"天空"图层跟随"摩托车图层"一起运动,形成一个和谐的整体运动画面。选择"摩托车图层",选择"动画"→"动态跟踪"命令,在合成窗口中,出现"追踪范围框"（如图 8-7 所示）,它由"中心追踪点"、内框（特征框）和外框（搜索范围）构成。内框锁定运动追踪目标层的特征对象,外框为二次锁定和搜索目标区域,这样通过双重锁定来确保运动追踪点不丢失。这里将追踪范围框和追踪点拖放到山体背景有较强特征的点上,如图 8-7 所示。

（8）首先将时间指示器放置到第 0 帧位置,接下来在跟踪控制面板上进行相关设置,如图 8-8 所示。下面对跟踪控制面板作一简要介绍：

跟踪：单击该按钮,面板显示与运动追踪相关的操作内容。

稳定：单击该按钮,面板显示与稳定追踪相关的操作内容。

运动来源：用于选择要追踪的源素材。

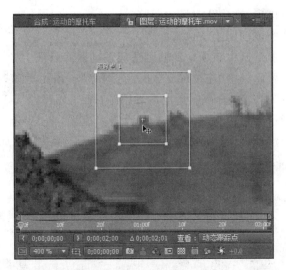

图 8-7　设置追踪点

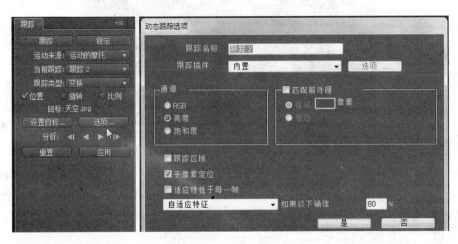

图 8-8　设置位置跟踪参数

当前追踪：当前新建的追踪轨迹。

跟踪类型：设置追踪轨迹的类型，有稳定、变换、平行角度、透视角度、Raw 等，根据需要可以选择不同的运动追踪类别。

位置：进行位置变换的追踪操作。

旋转：进行旋转变换的追踪操作。

比例：进行比例变换的追踪操作。

设置目标：选择需要匹配运动的图层。

"选项"中包含以下动态追踪子选项：

跟踪名称：当前追踪轨迹的名称。

跟踪插件：当前使用的追踪操作的插件，默认的只有内置的追踪插件。

通道：对视频画面中的 RGB、亮度或饱和度进行追踪。

匹配前处理：用于设置是否对当前追踪画面进行"模糊"或"增强"的预先处理。

跟踪区域：选中该项，则确认对场的跟踪。

子像素定位：选中该项用于子像素配置。

适应特征于每一帧：选中该项全部帧都适应运动跟踪特征。

如果以下确信：可以选择"连续跟踪"、"停止跟踪"、"预测运动"、"自适应特征"等选项。自适应特征：设为 80%，全部帧适应运动跟踪特征量为 80%。

（9）确认时间指示器在第 0 帧位置，参数设置完成后，单击"分析"中的 按钮，开始记录跟踪轨迹，当运动轨迹记录完成以后，会留下一串轨迹关键帧，如图 8-9 所示。

图 8-9　跟踪轨迹

（10）在应用该运动轨迹前，要确认当前轨迹的跟踪点始终没有脱离原先设置的目标跟踪点的位置，否则跟踪失败。可以看到"追踪范围框"一直锁定山体背景原先设置的跟踪点，跟踪的路径是成功的，于是单击"应用"按钮，"应用尺寸"选择"X 和 Y 轴"，单击"是"按钮确认，如图 8-10 所示。

图 8-10　应用关键帧

（11）这时"天空"跟随"摩托车"一起运动，但摩托车原始天空背景会露出来，没有被"天空"图层完全遮住，打开层变换属性，选择"位置"属性，这样所有的位置属性关键帧被选中，调整位置属性参数，用"天空"完全遮住摩托车的背景，如图 8-11 所示。

图 8-11　调整天空背景大小

（12）将时间指示器移动到最后一帧，发现天空还是没有完全遮住，于是选择"比例"属性，调整该参数将摩托车的背景完全遮住，如图 8-12 所示。

图 8-12　调整比例参数

（13）到此，跟踪完成。拖动时间指示器观看效果，跟踪正常，但摩托车在运动过程中被"天空"遮住，如图 8-13 所示，这不是我们所要的最终效果。

图 8-13　摩托车图层被遮住

（14）接下来进行进一步的处理，选择"运动的摩托车"图层，选择"编辑"→"复制"→"粘贴"命令，得到一个新的摩托车图层，将该图层放置在时间线图层最上方，再选择"效果"→"键控"→"颜色键"命令，在"特效控制台"中设置"键颜色"参数，如图 8-14 所示，最后完成操作，按 0 键进行动画预览。

图 8-14　完成最后设置

8.3 关键帧插值及速度控制

在 After Effects 中可以通过调节关键帧插值运算,对层的运动路径进行平滑处理,并对关键帧进行加速或减速处理。

对关键帧进行曲线插值来调节运动路径的平滑度,不同时间插值的关键帧在时间线窗口中的图标也不相同,主要有以下几种:◇线性插值、▽曲线、连续曲线(图标与曲线相似)、●自动曲线插值、▤线性路径止出,如图 8-15 所示。

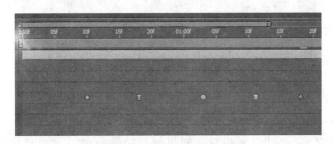

图 8-15　插值图标

8.3.1　改变插值

这里以前面章节制作的层属性关键帧动画为例来作介绍,打开合成项目"蚂蚁关键帧动画",在时间线上只保留第二个蚂蚁运动图层,这是一个拥有位置关键帧属性的动画实例。

操作步骤如下:

在时间线窗口中选择第二个关键帧,单击鼠标右键,在弹出的快捷菜单中选择"关键帧插值"命令,在弹出的对话框中可以设置、修改关键帧插值,如图 8-16 所示。

在"临时插值"和"空间插值"下拉列表中可以选择不同的插值方式。"临时插值"主要影响和改变时间线上的关键帧,"空间插值"主要影响和改变合成窗口中的路径形状,它们设置的不一样在各窗口中表现的属性也不一样,二者也可以统一设置成一致的插值属性。它

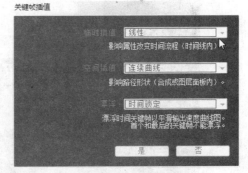

图 8-16　关键帧插值

们主要包括线性插值、曲线插值、连续曲线插值、自动曲线插值、停止插值,如图 8-17 所示。不同的插值对应在时间线和合成窗口中,所表现出来的插值性质也都不一样。

8.3.2　插值种类

(1)线性插值:线性插值是 After Effects 默认的插值方式,使关键帧产生相同的变

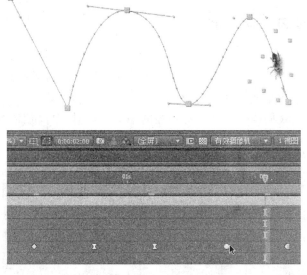

图 8-17　插值在各面板中的表现

化率,具有较强的节奏,运动起来相对比较机械。如果一个层上所有的关键帧都是线性插值,则从第一个关键帧开始匀速变化到第二个关键帧,到达第二个关键帧后,变化率转为第二个至第三个关键帧的变化率,重复这样的转换,直到最后关键帧才停止,从图 8-18中可以看到线性插值关键帧之间的连接线段显示为直线。

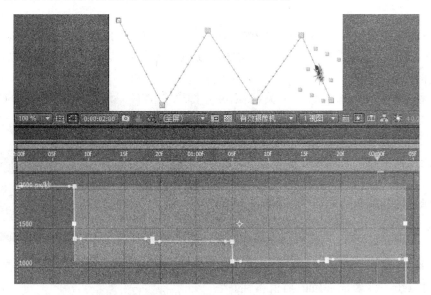

图 8-18　线性插值

(2) 曲线插值:曲线插值方式的关键帧具有可调节的手柄,用于改变运动路径的形状,为关键帧提供更精确的插值,具有很好的可控性。

如果层上所有的关键帧都是使用曲线插值方式,则关键帧之间会出现一个平稳的过渡,如图 8-19 所示。曲线插值通过保持方向手柄平行于连接前一关键帧和下一关键帧保

持"直线"两字来实现,通过调节手柄可以改变关键帧的变化率。

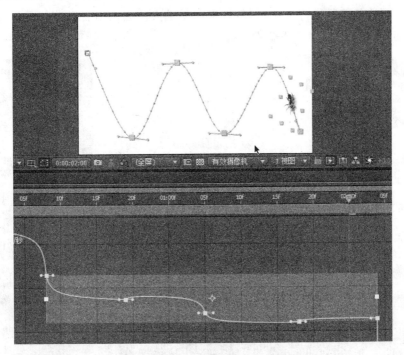

图 8-19 曲线插值

(3) 连续曲线插值:连续曲线插值与曲线插值类似,连续曲线插值在穿过一个关键帧时,会产生一个平稳的变化率,与曲线插值不同的是在调节手柄时两个手柄保值一条直线,如图 8-20 所示。

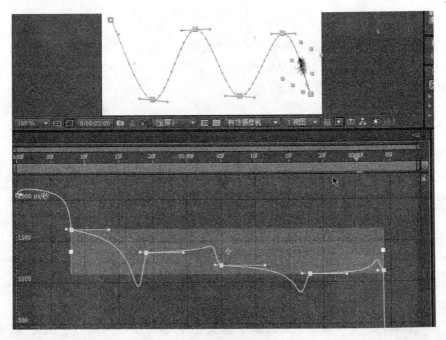

图 8-20 连续插值

（4）自动曲线插值：自动曲线插值在通过关键帧时会产生一个平稳的变化率，它可以对关键帧两边的路径进行自动调节，如果用手动方法去调节自动曲线插值，则关键帧插值变为连续曲线插值，如图 8-21 所示。

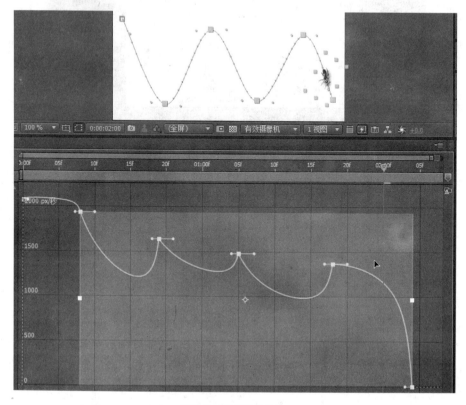

图 8-21　自动曲线插值

（5）停止插值：停止插值是根据时间改变关键帧的值，关键帧没有过渡，利用停止关键帧时前面关键帧的帧插值属性保值不变，在播放到下一关键帧时，值立刻变为停止并跳过进入下一关键帧插值，如图 8-22 所示。

8.3.3　速度控制

在"图表编辑器中"，可以观察层的运动速度，并能够根据需要进行调整，观察"图表编辑器中"中的曲线，线的位置高表示速度快，位置低表示速度慢，如图 8-23 所示。在合成窗口中，可以通过观察运动路径上点的间隔来了解速度的快慢变化，路径上两个关键帧之间的点越稠密，表示速度越慢，越稀疏表示速度越快，如图 8-24 所示。

调节两个关键帧的空间距离和时间距离可以改变动画的速度。在合成窗口中改变两个关键帧之间的距离，距离越大速度越快，距离越小速度越慢。在时间线窗口中调整两关键帧之间的距离，距离越大，速度越慢；距离越小，速度越快。

在"图表编辑器中"可以调节关键帧控制点上的"缓冲手柄"，以产生加速、减速的效果，如图 8-25 所示。

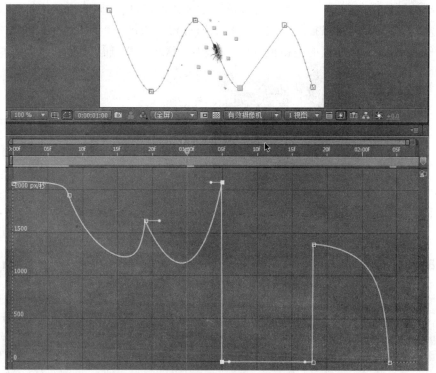

图 8-22 停止关键帧插值

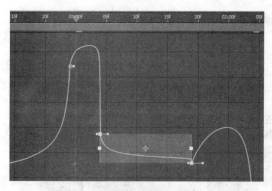

图 8-23 曲线位置的高低

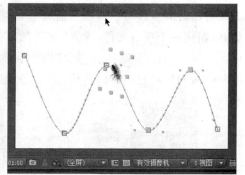

图 8-24 点的稀密

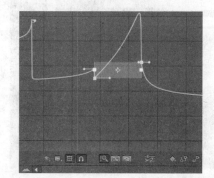

图 8-25 向下调节减速

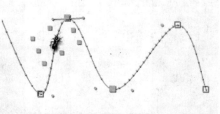

拖动关键帧控制点上的手柄,即可调节关键帧的速度,向上调节为加速,向下调节为减速。左右方向调节,可以扩大或减小缓冲手柄对相邻关键帧产生的影响,如图 8-26 所示,也可选择需要调整速度的关键帧,单击右键对关键帧速率进行设置。

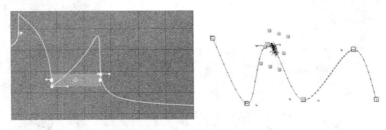

图 8-26 向右调节加速

8.4 时间控制

After Effects 可以对视频播放的时间进行控制,可以使播放时间重置、播放时间反方向,可以控制播放时间的快慢及对帧进行冻结。

8.4.1 启用时间重置

启用时间重置可以对视频播放的起点和终点在时间上进行控制。启动 After Effects 软件,新建一个项目文件,导入"女孩"素材,将素材两次拖曳到时间线窗口,在合成窗口中调整两个图像画面大小,并行排列在画面中,选择最上面的"女孩"素材,并选择"图层"→"时间"→"启用时间重置"命令,如图 8-27 所示。将时间指示器放置到 1 秒的位置,

图 8-27 启用时间重置

单击"时间码表"记录第一个开始关键帧，该视频将从 1 秒处开始播放，再将时间指示器拖到 3 秒的位置，将时间参数设置为 3 秒 4 帧，这样该视频将在这段时间完成整个播放，在这段时间之外的视频将被冻结。

8.4.2　时间反方向

时间反方向可以对视频文件进行倒播，选择第二个图层，并选择"图层"→"时间"→"时间反向层"命令，第二个图层下方出现红白相间的条码，同时，图层将改为反向播放。如图 8-28 所示，在 6 秒的位置图层 1 与图层 2 在同一时间点播放的内容是相反的。

图 8-28　时间反向

8.4.3　时间伸缩

时间伸缩可以加快或减慢视频或动画的速度，将"女孩"素材两次拖到时间线上，在合成窗口中调整两个图像画面大小，并行排列在画面中，选择第一层素材，并选择"图层"→"时间"→"时间伸缩"命令，在弹出的对话框中对时间进行设置，如图 8-29 所示。"伸缩功能"为 100％ 表示为原始时间长度，为 200％ 表示为原素材时间长度的 2 倍，此处设置为 150％，视频素材播放速度将减慢，按 0 键预览效果。

图 8-29　时间伸缩设置

8.4.4　冻结帧

通过冻结帧可以对视频和动画中的某一帧进行冻结。新建一个项目文件,导入"女孩"素材,将素材两次拖到时间线窗口中,在合成窗口中调整两个图像画面大小,并行排列在画面中,选择最上面的"女孩"素材,并选"图层"→"时间"→"冻结帧"命令,会发现在时间线窗口的时间指示器位置出现一个冻结标志,该位置的帧被冻结,如图 8-30 所示。也可以通过设置该层的"调节时间重置"参数来冻结帧。

图 8-30　帧冻结

本章小结

本章通过具体实例介绍了 After Effects 在影视合成特效制作过程中利用运动物体跟踪技术来实现物体的运动匹配的知识,并对关键帧插值做了较详细的介绍,利用关键帧插值可以实现运动物体的加速或减速,使物体运动更灵活自然。同时还详细介绍了动画运动方式与素材播放时间的各种控制方法。掌握了这些便可以利用 After Effects 来灵活地控制影像的运动效果。

第 9 章　三维合成

　　无论是前期拍摄还是后期处理,灯光都是一个无法忽略的因素。灯光对于场景布局以及画面色泽有着很大的影响,并在影视合成与特效制作过程中经常使用。

　　在 After Effects 中,摄像机是实现三维动画效果的一种重要的也是最常用的手法,通过摄像机可以使二维的动画具有炫酷的三维空间效果。本章将重点学习 After Effects 灯光设置以及摄像机调节等知识。

9.1　三维空间

9.1.1　初识三维空间

　　所谓的三维是建立在二维基础上的,平时所看到的图像画面都是在二维空间中形成的。在三维空间中除了表示长、宽的 X、Y 轴之外,还有一个 Z 轴,这是体现三维空间的关键所在。Z 轴在三维空间中定义深度,也就是通常所说的远、近。在三维空间中,通过 X、Y、Z 轴三个不同方向的坐标可调整物体的位置、旋转等。图 9-1 所示为空间三维图层效果展示。

图 9-1　三维图层

9.1.2 三维图层操作

1. 创建三维图层

在 After Effects 中创建三维图层的方法很简单,只要在时间线窗口中选中一个二维图层,单击三维图层激活按钮即可,如图 9-2 所示。

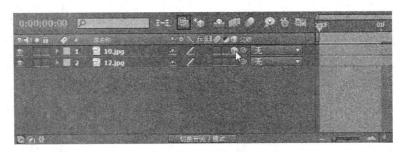

图 9-2 创建三维图层

2. 三维图层的操作

三维图层的操作方法和二维图层的操作方法相同,通过调节图层的位置和旋转属性即可实现三维效果。例如选中图层,按 R 键打开图层的旋转属性,调节参数便可达到三维图层效果,如图 9-3 所示。

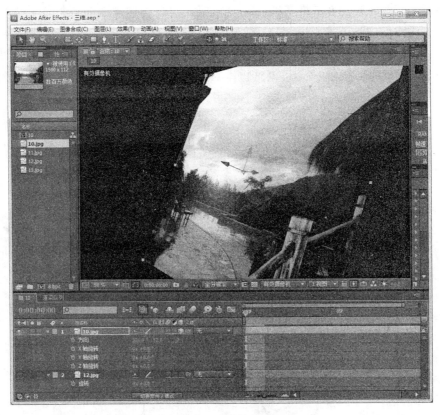

图 9-3 三维效果

9.1.3 二维与三维图层的合成设置

二维和三维是两种不同的表现方式，它们各有各的好处，当然也各有各的缺点。在2D动画中大部分时间里摄影机是静止的，如果使用了3D动画，摄影机就可以更自由地移动，这样就可以按照类似实拍电影制作方式来使用摄影机进行制作。

二维与三维的结合使影片增色不少。例如，在电影《Titanic》(《泰坦尼克号》)中，神奇的电影特技效果就利用了三维动画，而这些三维动画是利用二维的拍摄与三维动画的合成技术来生成，使得它看上去非常逼真。在电影《泰坦尼克号》的1715个镜头中，纯二维的有509个，纯三维的有256个，还有950个二维与3D结合的镜头。

《埃及王子》这部拥有将近2000个镜头长达90分钟的动画片，因为将二维图像与三维动画相结合从而实现了非常多的复杂效果和场景。

9.2 灯光的应用

9.2.1 灯光简介

在After Effects中可以通过创建灯光层来照亮三维场景，灯光可以模拟各种光源对合成的影片进行照射，可以对它的属性进行设置。灯光的设置非常简单，可以选择"图层"→"新建"→"照明"命令；或者在时间线窗口的空白处单击右键，选择"新建"→"照明"命令，从而打开如图9-4所示的对话框进行灯光设置。

名称：给灯光图层命名，便于区分记忆。

照明类型：可以根据不同的需求设置灯光的类型，灯光类型包括平行光、聚光灯、点光源和环境光4种灯光类型。

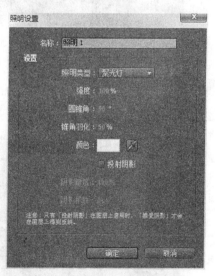

图9-4 照明参数设置

- 平行光：平行光可以理解为太阳光，光照范围无限，可照亮场景中的任何地方且光照强度无衰减，可产生阴影，并且有方向性，如图9-5(a)所示。
- 聚光灯：圆锥形发射光线，根据圆锥的角度确定照射范围，这种光容易生成有光区域和无光区域，同样具有阴影和方向性，如图9-5(b)所示。
- 点光源：点光源从一个点向四周360°发射光线，随着对象与光源距离的不同，受到的照射程度也不同，这种灯光也会产生阴影，如图9-5(c)所示。
- 环境光：没有发射点，没有方向性，也不会产生阴影，通过它可以调整整个画面的亮度，通常和其他灯光类型配合使用，如图9-5(d)所示。

(a) 平行光　　　　　　　　　　　　　(b) 聚光灯

(c) 点光源　　　　　　　　　　　　　(d) 环境光

图 9-5　灯光类型

　　强度：值越高，光照越强，设置为负值可产生吸光效果，当场景里有其他灯光时可通过此功能降低光照强度。效果如图 9-6 所示。

(a) 强度值为100　　　　　　　　　　(b) 强度值为200

图 9-6　强度设置

　　圆锥角：灯光为聚光灯时此项激活，相当于聚光灯的灯罩，可以控制光照范围和方向。效果如图 9-7 所示。

(a) 145°圆锥角   (b) 45°圆锥角

图9-7　圆锥角设置

锥角羽化：与圆锥角参数配合使用，为聚光灯照射区域和不照射区域的边界设置柔和的过渡效果，设置值越大，边缘越柔和。效果如图9-8所示。

(a) 羽化值为26%   (b) 羽化值为60%

图9-8　锥角羽化设置

颜色：单击色块可以在颜色框里选择所需的灯光颜色，如图9-9所示。

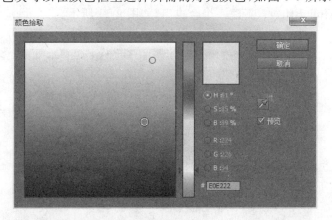

图9-9　颜色拾取

投射阴影：需要注意的是，只有被灯光照射的3D层的材质属性中的"投射阴影"选项打开时才可以产生投影，一般默认此项关闭，效果如图9-10所示。

阴影深度：可调节阴影的黑暗程度。

阴影扩散：可以设置阴影边缘羽化程度，值越高，边缘越柔和。

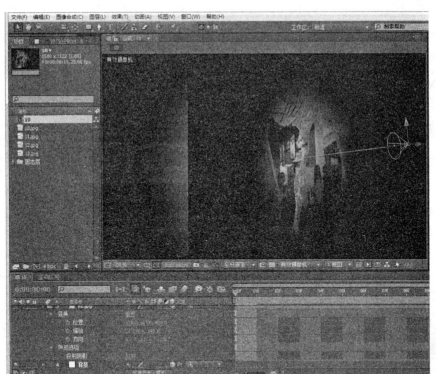

图 9-10 投射阴影

9.2.2 灯光操作实例

建立灯光照明效果非常简单，这里简单地介绍一下。

（1）启动 After Effects，新建一个合成组，如图 9-11 所示。

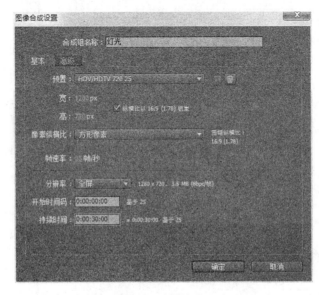

图 9-11 新建合成

（2）在项目窗口空白处双击，在弹出的对话框中选择所要导入的素材，并将导入的素材拖到时间线窗口中，并打开图层的 3D 属性，如图 9-12 所示。

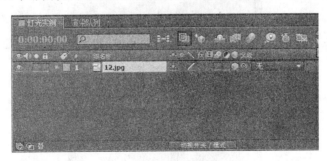

图 9-12 激活层 3D 属性

（3）按 R 键，设置图层的方向属性参数为 0°，315°，0°。按 Shift＋P 组合键打开位置属性，设置图层位置属性参数为 286，288，383，如图 9-13 所示。

图 9-13 设置 3D 图层属性参数

（4）在时间线窗口左侧空白处单击鼠标右键，在弹出的快捷菜单中选择"新建"→"照明"命令，在弹出的照明设置对话框中设置照明类型、强度以及灯光颜色等参数，如图 9-14 所示。

图像效果如图 9-15 所示。

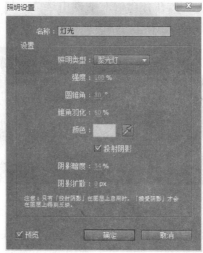

图 9-14　照明设置

(a) 添加灯光效果前　　　　　　　　　　(b) 添加灯光效果后

图 9-15　添加灯光效果前后对比

9.3　摄像机应用

9.3.1　摄像机简介

在 After Effects 中,常常需要运用一个或多个摄像机来创造空间场景、观看合成空间,摄像机工具不仅可以模拟真实摄像机的光学特性,更能超越真实摄像机在三脚架、重力等条件的制约,在空间中任意移动。使用图层的摄影机可以从任何角度和距离观看三维图层。当为图像合成设定一个特定位置的摄像机视窗时,可以在图层中看到所设定的摄像机,如图 9-16 所示。

在 After Effects 中,可以通过激活的摄像机或自定义摄像机切换开关,观看一个合成项目。当创建最终的输出和嵌套合成时,After Effdects 使用激活的摄像机视图。如果还未创建一个自定义摄像机,激活的摄像机与默认的合成视窗相同显示。

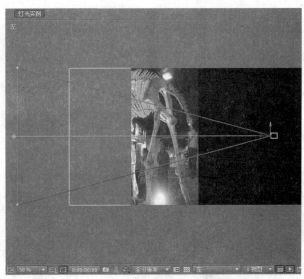

图 9-16 摄像机

尽管能把多个摄像机添加在任何合成上，但摄像机在 3D 图层上才起作用，如果使用 2D 图层应用摄影机特效，需要将 2D 图层转换成 3D 图层，摄像机特效才起作用。

摄像机的主要功能是用来控制观察图像的视角，在 3D 空间中移动旋转图层并在周围架设并移动摄像机，视窗中显示的恰如摄像机镜头所能看到的，如图 9-17 所示。

图 9-17 设置多个摄像机

9.3.2 摄像机的参数

选择"图层"→"新建"→"摄像机"命令，可以打开一个摄像机参数设置对话框，如图 9-18 所示。

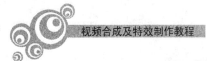
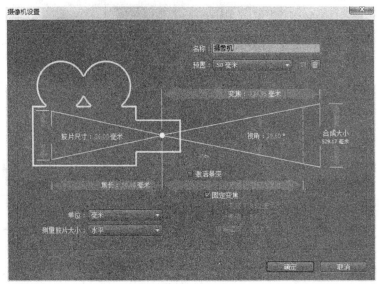

图 9-18 摄像机设置

名称：为摄像机命名，以便于记忆、分类。

预置：在这个下拉列表中提供了 9 种常见的摄像机镜头，包括标准的 35 毫米镜头、15 毫米广角镜头、200 毫米长焦镜头以及自定义镜头等。35 毫米标准镜头的视角类似于人眼。15 毫米广角镜头有极大的视野范围，类似于鹰眼，由于视野范围极大所以看到的空间很广阔，但是会产生空间透视变形。200 毫米长镜头可以将远处的对象拉近，视野范围也随之减小，只能观察到较小的空间，但是几乎没有变形的情况出现。

单位：通过此下拉框选择参数单位，包括像素、英寸、毫米三个选项。

测量胶片大小：可改变胶片尺寸的基准方向，包括水平方向、垂直方向和对角线方向三个选项。

激活景深：选择激活的时候打开摄像机的景深，配合焦点距离、孔径、光圈值和模糊程度参数来使用，可以控制景深来创建更逼真的摄影机聚焦效果。

聚焦距离：指定摄影机的位置到绝对聚焦平面的距离。

定焦镜头特指只有一个固定焦距的镜头，只有一个焦段，或者说只有一个视野。定焦镜头没有变焦功能。定焦镜头的设计相对变焦镜头而言要简单得多，但一般变焦镜头在变焦过程中对成像会有所影响，而定焦镜头相对于变焦镜头的最大好处就是对焦速度快，成像质量稳定。不少拥有定焦镜头的数码相机所拍摄的运动物体图像清晰而稳定，对焦非常准确，画面细腻，颗粒感非常轻微，测光也比较准确。

摄像机视角用来指定被捕捉的图像的场景宽度，通过焦点、胶片尺寸及变焦数值来确定视角，一个宽阔的视角与一个广角镜头的视野相等。

摄像机的参数是根据现实中的摄像机参数虚拟而成，所以它们的设置方法是相同的。摄像机设置中常见参数主要包括预置摄像参数和自定义摄像机参数，自定义摄像机，可以自定义设置包括变焦、视角、焦距、孔径、光圈值、模糊层次、焦长和胶片尺寸等参数，如图 9-19 所示，可以根据制作需要设置摄像机参数。

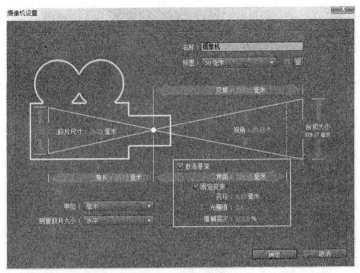

图 9-19 激活景深

9.3.3 摄像机操作实例

操作步骤如下：

（1）启动 After Effects，在项目窗口空白处双击，在弹出的"导入文件"对话框中选中所要导入的素材文件，如图 9-20 所示。

图 9-20 导入素材

（2）在项目窗口空白处单击鼠标右键，选择"新建合成组"命令，新建一个合成，设置合成各项参数，如图 9-21 所示。

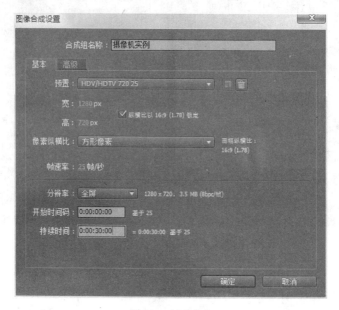

图 9-21　新建合成

（3）选中项目窗口中的素材，将其拖到时间线窗口中，激活素材的 3D 属性，如图 9-22 所示。

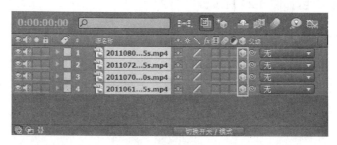

图 9-22　激活 3D 属性

（4）按 P 键打开图层的位置属性，将合成窗口中的"3D 视图"设为"顶视图"，调节各图层的 Z 轴和 X 轴参数，设置这些素材在顶视图中的位置，如图 9-23 所示。

（5）在时间线窗口左侧空白处单击鼠标右键，选择"新建"→"摄像机"命令，新建一个摄像机层，设置各项参数，如图 9-24 所示。

（6）在时间线窗口左侧空白处单击鼠标右键，选择"新建"→"空白对象"命令，新建一个空物体层，激活空白对象层的 3D 属性。

（7）按住 按钮将鼠标光标移动到空物体层的名称上，将摄像机的位置属性连接到空物体层的位置路径上，如图 9-25 所示。

（8）展开空物体层的变换属性，将时间指示器调到第 0 帧位置，激活"Y 轴旋转"关键帧；将时间调到 1 秒位置，调节"Y 轴旋转"参数，如图 9-26 所示。按数字键盘上的 0 键预览影片，便可观看到图像的旋转动画。

图 9-23 调节位置参数

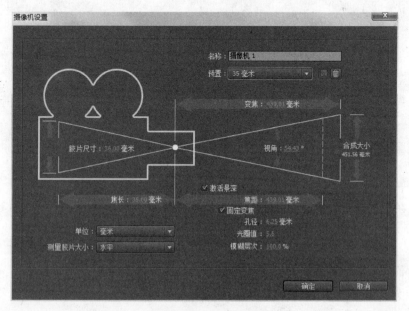

图 9-24 摄像机设置

图 9-25　建立父级对象关系

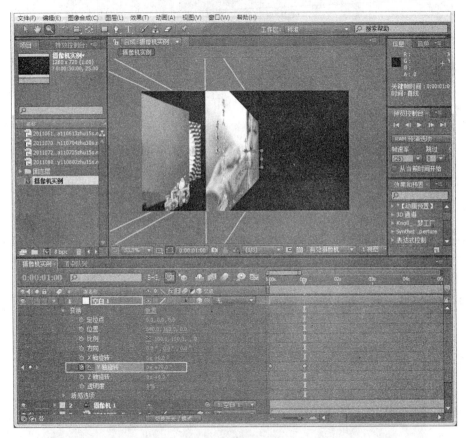

图 9-26　旋转动画设置

（9）在 1 秒位置激活空物体层的位置属性关键帧，调节位置参数为 640,360,12,如图 9-27 所示。

（10）将时间指示器移到 3 秒位置，调节位置参数为 640,360,−418,设置 Y 轴旋转参数为 1 圈，如图 9-28 所示。

（11）展开摄像机层的摄像机属性，激活缩放属性关键帧，将时间指示器移到 4 秒位置，调节缩放参数，如图 9-29 所示。

（12）参数设置完成后，按 0 键预览影片。摄像机实例效果如图 9-30 所示。

图 9-27 激活位置关键帧

图 9-28 设置动画

图 9-29　调节摄像机缩放参数

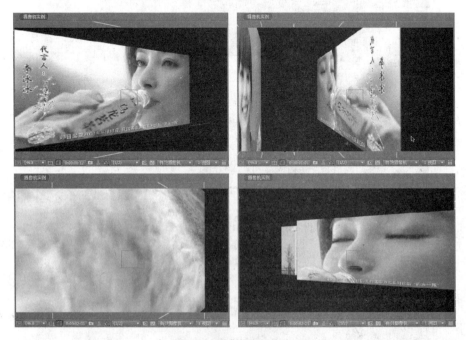

图 9-30　摄像机实例效果

图 9-30 (续)

本章小结

本章介绍了 After Effects 灯光类别、灯光架设、灯光参数设置及 3D 图层中灯光方面的知识,还介绍了 After Effects 中的摄像机及其在 3D 图层中的应用。通过本章的学习,大家应该了解和掌握 After Effects 基础灯光及摄像机的使用。

第 10 章　插件应用

After Effects 软件具有很强的开放式,在使用 After Effects 软件进行影视后期特效制作编辑过程中,经常会用到由其他公司开发的外置插件,在编辑相同效果的情况下,使用插件能够提高工作效率,取得良好的制作效果。本章主要介绍常见插件安装和使用的相关知识,并通过实例来介绍特效插件的综合应用。

10.1　插件的安装与注册

10.1.1　插件安装

After Effects 插件存在于 After Effects 安装目录下的 Support Files→Plug-ins 文件夹里,扩展名为 aex,但 Photoshop 和 Premiere 的其他扩展名的插件有些也能在 After Effects 里使用。After Effects 插件常见的安装方法有两种,一种是插件本身有安装程序,这种只需运行相应的安装程序根据提示就可以完成安装,如果出错请检查插件所适应的 After Effects 版本及安装位置是否正确。另一种是直接的 aex 文件,只要把文件复制到 After Effects 安装目录下的 Support Files→Plug-ins 文件夹里就可以使用,如果不能正常运行可检查插件所适应的 After Effects 版本及确认 aex 文件的只读属性是否去掉。

10.1.2　插件注册

After Effects 插件的注册或叫破解方法有 3 种:一种是根据你所得到的插件提供的序列号或用算号器得到的注册信息在 After Effects 的特效控制台面版的选项中填入注册信息即可,另一种是找个破解文件直接运行即可(有的需要和插件在同一目录),还有一种是安装后用破解过的 aex 文件覆盖原安装的 aex 文件。

目前 After Effects 插件很多需要有选择地安装,插件并不是万能的,不必把所有的插件都装进去,只需建一个临时目录把暂时不需要的 aex 文件移过去,需要的时候再还回来;一是避免插件过多占用系统资源,二是避免插件的相互冲突影响 After Effects 的稳定性。

10.1.3　插件 Trapcode 的安装

下面来学习一下 Trapcode 插件的安装过程。

（1）首先选择 Trapcode 插件的安装启动文件并双击，进入插件的安装界面，如图 10-1 所示。

图 10-1 Trapcode 插件安装向导

（2）然后单击"下一步"按钮，在新的界面中单击"浏览"按钮，选择安装目录，安装目录为 D：\Program Files\Adobe\Adobe After Effects CS4\Support Files\Plug-ins\Effects\Trapcode 系列插件中文版，如图 10-2 所示，选择完成后单击"确定"按钮即可。

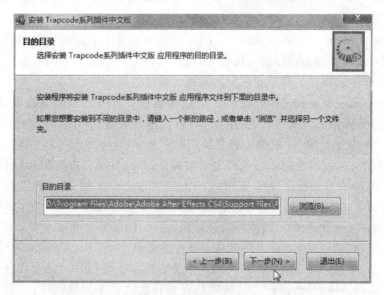

图 10-2 选择安装目录

（3）再次单击"下一步"按钮，开始安装，待安装过程完成后，单击"完成"按钮即可，如图 10-3 所示。

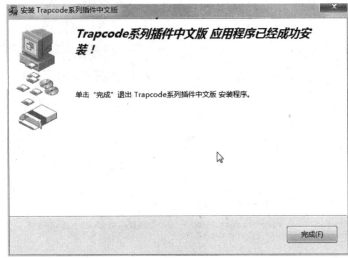

图 10-3　完成安装

10.1.4　插件 Trapcode 简介

Trapcode 插件共包含了 6 种 Adobe After Effects 滤镜特效,分别是 Particular、Shine、Star Glow、3D Stroke、Sound Keys、Lux,主要的功能是在影片中建造独特的粒子效果与光影变化,包括声音的编修与摄影机的控制等功能。

(1) Particular 粒子系统,它可以产生各种各样的自然效果,像烟、火、闪光,也可以产生高科技风格的图形效果,它对于运动的图形设计是非常有用的。

(2) Star Glow 是一个能在 After Effects 中快速制作星光闪耀效果的滤镜。它能在影像中高亮度的部分加上星型的闪耀效果,而且可以分别指定 8 个闪耀方向的颜色和长度,每个方向都能被单独的赋予颜色贴图和调整强度。

(3) Shine 是一个能在 After Effects 中快速制作各种炫光效果的滤镜,这样的炫光效果您可以在许多电影片头中看到,类似 3D 软件里的质量光(volumetric light),但实际上它是一种 2D 效果。Shine 提供了许多特别的参数,以及多种颜色调整模式。

(4) 3D Stroke 通过绘制的路径产生运动线条,并且可以自由地在 3D 空间中旋转或运动,自从 After Effects 允许直接引入 Adobe Illustrator 绘制的路径作为遮罩,3D Stroke 还包含了动态模糊的功能,因此当线条快速移动的时候,动画看起来仍然非常的流畅。内建的 Transfer mode 功能可以轻易地在一个图层中推叠出许多效果,还有 Bend 和 Taper 功能,它们可以在 3D 空间中自由地弯曲变形。

(5) Sound Keys 是 After Effects 的一个关键帧发生器插件。它允许在音频频谱上直观地选择一个范围,并能将已选定频率的音频转换成一个关键帧串,它可以非常方便地制作出音频驱动的动画。Sound Keys 与来自于 AE 的关键帧发生器有着根本的不同,Sound Keys 被应用于制作一个有规律的效果,并且用它自己的输出参数生成关键帧,然后用一个表达式连接,这种方式的优点是插件所有的设置可以与工程文件一同被保存下来。

（6）Trapcode Lux 利用 After Effects 内置灯光来创建点光源的可见光效果，Lux 可以读取 After Effects 中所有灯光中的所有参数。

10.2 综合应用实例

10.2.1 宣传片片头制作

首先根据前期设计的要求，指定设计的文字剧本，剧本的内容为：彩色朝霞慢慢升起，伴着激昂的音乐，红色彩绸从空中徐徐飘下，刻有"中国药都"4 个大字的象征药都形象的城雕——"药碾"展现在人们面前，同时，主题文字"药都樟树"伴随着音乐和城雕背景一起出现。根据剧本接下来展开片头的制作。

10.2.2 彩霞动画制作

（1）启动 After Effects 软件，新建项目文件，设置项目相关参数，如片头的尺寸为720×576，帧率为 25 帧/秒，如图 10-4 所示。

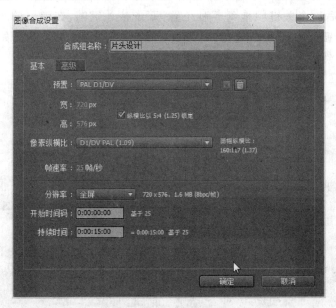

图 10-4 片头项目参数设置

（2）双击项目窗口，导入拍摄的素材"日出云彩"，在项目窗口中选中该素材并单击鼠标右键选择"定义素材"→"主要"命令，弹出如图 10-5 所示的素材定义对话框，设置"场分离"选择"关"，关闭素材的场，否则素材画面播放时有跳跃闪烁感。

（3）把该素材拖到时间线窗口中，进行编辑，由于素材"日出云彩"原始长度为 24 秒，云彩移动速度太慢，所以在时间线窗口中选中该层，单击鼠标右键，选择"时间"→"时间伸缩"命令，设置参数，如图 10-6 所示，将云彩移动速度加快，持续时间改为 14 秒 10 帧。

图 10-5　场的设置

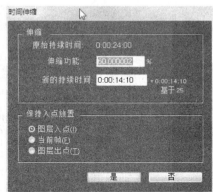

图 10-6　时间伸缩设置

（4）同样在时间线窗口中选中该层，单击鼠标右键，选择"时间"→"时间重制"命令，将时间重置最后一个关键帧拖到 5 秒位置，双击该关键帧，在弹出的对话框中输入 24 秒，单击"是"按钮关闭对话框，这样"日出云彩"素材将在第 0 帧位置开始播放，在 5 秒位置处播放完毕，然后定格画面，完成动作，如图 10-7 所示。

图 10-7　时间重置命令定格

（5）设定云彩的淡出动作，打开"日出云彩"素材层属性中的透明度属性，将时间指示器拖到第 11 秒 12 帧位置，单击"透明度"关键帧码表，建立第一个透明关键帧，透明度设置为100％,将时间指示器拖到第12秒帧位置,将透明度设置为0％,系统会自动建立第二个透明关键帧,如图10-8所示,完成云彩的淡出效果的设置。

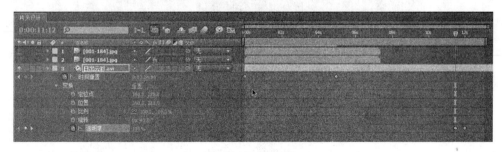

图 10-8　透明关键帧设置

10.2.3　彩绸动画制作

（1）在 After Effects 项目窗口中的空白处双击,导入"绸缎"素材,如图10-9所示。

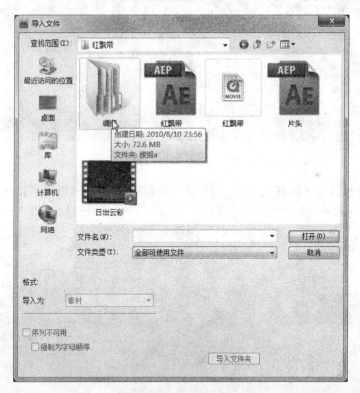

图 10-9　导入"绸缎"素材

（2）原始素材是一个黄色绸缎蓝色背景的系列帧素材,如图10-10所示。

（3）这里需要设计一个没有蓝背景的红色丝绸,所以首先需要将黄色绸缎调成红色。将"绸缎"素材拖动到时间线窗口中,放置在"日出云彩"素材的上方,在选中"绸缎"素材图层,选择"效果"→"色彩校正"→"色彩平衡"命令,将色相参数设置为－31,如图10-11所示,这样"绸缎"就变成了红色。

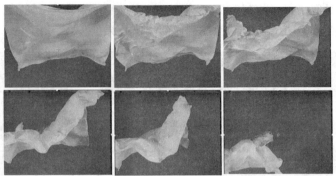

图 10-10　原始素材

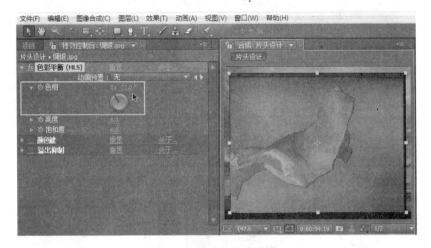

图 10-11　调成红色"绸缎"

　　（4）这里只需要获得红色"绸缎"，不需要带有蓝色背景，所以要通过键控抠像去除蓝色背景，从而得到一片干净的红色"绸缎"。选中"绸缎"层，选择"效果"→"键控"→"颜色键"命令，将色彩宽容度参数设置为 242，边缘羽化值为 1.9，这样将背景的蓝色去除大部分，如图 10-12 所示。

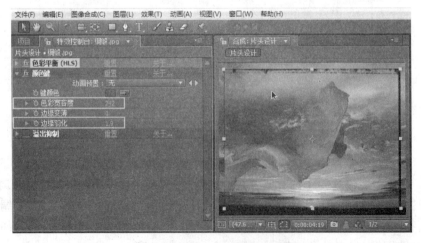

图 10-12　键控抠像

（5）"绸缎"暗部和边缘还残留红色残影，为了将其去除干净，选择"效果"→"键控"→"溢出抑制"命令，将抑制量参数设为 200，如图 10-13 所示。

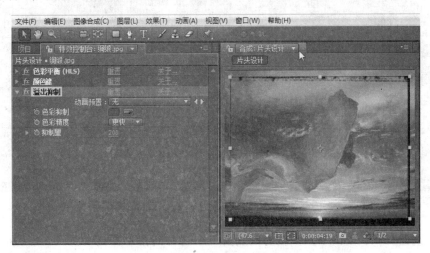

图 10-13 溢出控制

（6）最后发现"绸缎"四周还带有黑色杂色，为了获得一个干净的红色"绸缎"，使用"钢笔"工具将"绸缎"勾画出来，如图 10-14 所示，使用"选择"工具选中该图层拖动"绸缎"四周的控制点，将素材适当拉大，并放置到靠合成窗口上方的位置，这样一个干净的飘落的红色"绸缎"就制作完成了。

（7）设置"绸缎"动画。"绸缎"降落的速度太慢，为加快降落速度，在时间线窗口中选中"绸缎"图层，选择"图层"→"时间"→"时间伸缩"命令，其参数设置如图 10-15 所示。

图 10-14 钢笔绘制遮罩

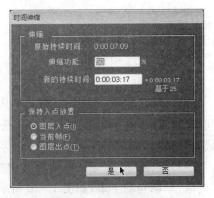

图 10-15 时间伸缩设置

（8）设置"绸缎"淡入动画。选中"绸缎"图层，在时间线窗口中将该素材的开始位置拖动到第 3 秒 14 帧的位置，打开层变换属性，单击透明度关键帧码表，在该位置建立第一个关键帧，将透明度参数设置为 0%，然后将时间指示器拖曳到第 3 秒 20 帧的位置，将透明度参数设置为100%,"绸缎"淡入动画便设置完成,如图10-16所示。

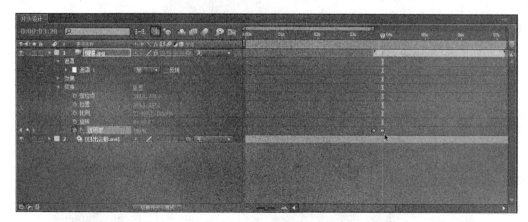

图 10-16　淡入动画设置

（9）设置"绸缎"淡出动画。在时间线窗口中将时间指示器拖动到第 7 秒,将透明度参数设置为100%,再将时间指示器拖动到第 7 秒 10 帧的位置,将透明度参数设置为0%,"绸缎"淡出动画便设置完成,如图10-17所示。

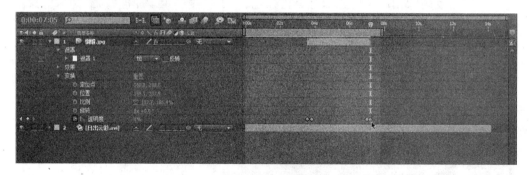

图 10-17　淡 出 设 置

10.2.4　城雕设计制作

操作步骤如下：

（1）在项目窗口空白处双击,导入城雕"药碾",如图10-18所示。将该素材拖动到时间线窗口中放在第二层位置,使用"选择"工具在合成窗口中拖动该图层的 4 个控制点,调整好其放置的位置,如图10-19所示。

（2）隐藏"绸缎"图层,然后选中"药碾"素材图层,使用"钢笔"工具在合成窗口中将"药碾"轮廓勾勒下来,如图10-20所示。

（3）选中"药碾"素材图层,在时间线窗口中,将时间指示器拖动到第 6 秒的位置,打开层变换属性,单击透明度关键帧码表,在该时间内建立第一个关键帧,将透明度参数设置为0%,再将时间指示器拖动到第 7 秒 20 帧的位置,将透明度参数设置为100%,该"药碾"图层的淡入动画便制作完成,如图10-21所示。

图 10-18 导入城雕素材

图 10-19 调整城雕图片位置

图 10-20　勾勒"药碾"轮廓

图 10-21　"药碾"淡入动画设置

10.2.5　主题文字特效制作

片头"药都樟树"主题文字采用书法字体,体现该城市悠久的历史文化和古老的药都文化,同时配合一个"药都樟树"文字由远到近变化,然后定格,接着有一个"扫光"特效。

主题文字制作步骤如下:

(1) 打开 Photoshop 软件,新建文件,尺寸设为 720×576,导入"药都樟树"文字,如图 10-22 所示,用"魔棒"工具点选择文字白色区域,选择"选择"→"反选"命令,将红色文

字作为选区，如图 10-23 所示。

图 10-22 导入素材图片

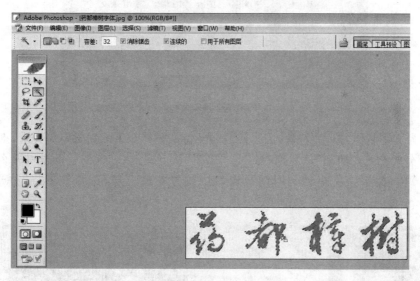

图 10-23 选择红色字

（2）用白色填充选区，把字体变成白色，再选择"剪切"→"粘贴"命令，这样就创建一个独立的文字图层，如图 10-24 所示。并被命名为"药都樟树"保存成 psd 格式，这样单独透明图层被保留，就可以将素材单独的应用到 After Effects 软件中进行合成。

（3）启动 After Effects，导入已制作好的 psd 格式的文字素材"药都樟树"，在弹出的对话框中进行设置，"图层选项"选择"图层 1"，"素材尺寸"选择"图层大小"，如图 10-25 所示，然后单击"是"按钮导入该文字素材。

图 10-24　保存透明图层

图 10-25　导入设置

（4）为文字制作"扫光"特效，为了使"扫光"特效更符合人的视觉审美要求，把"药都"与"樟树"分开扫光，"药都"从左到右扫光，"樟树"从下到上扫（这样就不显得那么呆板）。将"药都樟树"文字素材拖动到时间线窗口中放置在最上层，选择该图层，并选择"效果"→Trapcod→Shine 命令，如图 10-26 所示。

图 10-26　Shine 命令

（5）制作发光特效，选择"药都樟树"图层，将时间指示器拖到第 7 秒位置，单击 source point 前面的关键帧码表，在此位置记录第一个关键帧，将参数设置为 155.7、249，RayLengh 设置为 2.2，BoostLigh 设置为 7.1，如图 10-27 所示。

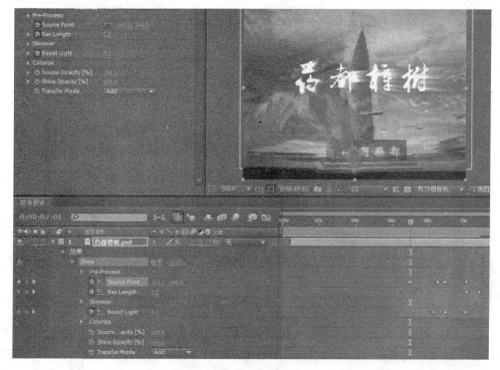

图 10-27　关键帧设置（1）

（6）将时间指示器拖到第 8 秒位置，将 Source Point 参数设置为 372、262，系统自动建立第二个关键帧。然后将 Ray Lengh 设置为 2.2，单击 Boost Ligh 前面的关键帧码表，在该位置设置一个关键帧，将参数设置为 7.1，如图 10-28 所示。

图 10-28　关键帧设置（2）

（7）将时间指示器拖到第 8 秒 14 帧位置，将 Source Point 参数设置为 474、304，系统自动建立第三个关键帧。将 Ray Lengh 设置为 2.2，然后单击 Boost Ligh 前面的关键帧码表并将参数设置为 1.1，系统会自动建立一个关键帧，如图 10-29 所示。

图 10-29　关键帧设置（3）

（8）将时间指示器拖到第 10 秒 4 帧位置，将 Source Point 参数设置为 488,170，系统会自动建立第四个关键帧。单击 Ray Lengh 前面的关键帧码表，将参数设置为 2.2，系统会自动建立一个关键帧，将 Boost Ligh 参数设置为 0.2，系统也会自动建立一个关键帧，如图 10-30 所示。

图 10-30　关键帧设置（4）

（9）将时间指示器拖到第 10 秒 23 帧位置，Source Point 参数不变，将 RayLengh 参数设置为 0，系统自动建立一个关键帧，如图 10-31 所示。按 0 键预览发光动画，发光特效制作完成。

图 10-31　关键帧设置（5）

10.2.6　文字变形动画制作

根据计划需要对"药都樟树"主题文字做一个字体由小到大变形的动画（如图 10-32 所示），然后再执行扫光特效（如图 10-33 所示）。

图 10-32　文字变形动画

图 10-33　扫光效果

操作步骤如下：

（1）选择"药都樟树"图层，将时间指示器拖到第5秒18帧位置，打开层属性中的比例属性，单击比例属性前的关键帧码表，在该时间位置建立第一个关键帧，将参数设置为0%，文字标题会缩到最小，如图10-34所示。

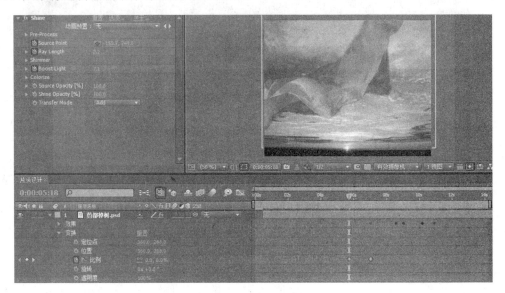

图10-34　比例动画设置

（2）将时间指示器拖到第7秒1帧位置，将参数设为100%，文字标题恢复原始大小，如图10-35所示。

图10-35　放大文字

（3）至此整个片头动画的制作完成，按0键预览动画效果，图10-36为整个片头动画的效果展示。

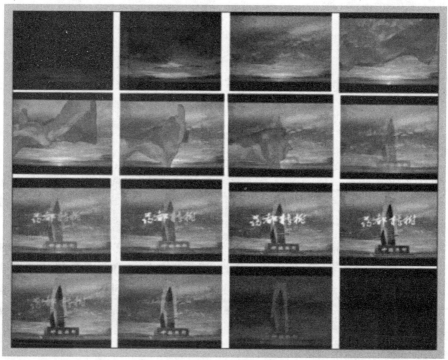

图 10-36 片头截图展示效果

本章小结

本章主要介绍了 After Effects 的外置插件的安装方法，并通过实例介绍了插件与特效的综合应用。插件在影视后期制作中应用的非常广泛，使用插件能够节省很多制作时间和成本，大大提高了工作效率。

第 11 章　与其他软件的结合使用

一部优秀的作品不仅需要很好的前期制作,在后期制作方面也需要很好的处理。每一种后期软件都有它的长处,也有它不足的地方,这样就需要把各种软件结合起来使用,才能把一部作品做到更加完美。所以任何一部优秀的作品都不是由单一的一个制作软件就可以完成的,都是各种软件结合使用来完成的。

After Effects 是一个非常强大的后期特效处理软件,用它能够作出非常棒的效果。但由于 After Effects 在编辑大量的特效后,占用系统内存大,预览及渲染速度慢的缺点,使 After Effects 不适合编辑很长的影片,一般只适合做几秒到几十秒长的特效镜头(通常不超过 1 分钟)。其次,After Effects 的三维效果并不能算真正意义上的三维效果,严格意义上来讲只能算是"伪"三维效果。如果需要做出一个非常逼真的三维效果的话,After Effects 目前还达不到要求。

所以,在用 After Effects 做影片的后期特效时常常会结合使用其他软件,以便更有效率地作出更逼真的优秀作品。本章就主要学习在后期合成特效制作中 After Effects 与其他相关设计软件结合使用的知识。

11.1　与 Adobe Photoshop 的结合使用

After Effects 和 Photoshop 都是 Adobe 公司旗下的软件,所以两者之间有着很多相似的地方。Photoshop 在平面设计领域中应用非常广泛,经过 20 多年的发展,Photoshop 已经成为图像处理软件的代表,它广泛应用于平面印刷、数字网络、影视媒体等很多行业。在影视后期制作中,先利用 Photoshop 对图像进行调整处理,然后再导入到 After Effects 中使用,是一种非常常用的手法。Photoshop 的工作界面如图 11-1 所示。

下面通过一个实例简单介绍一下 After Effects 与 Photoshop 的结合使用。

(1) 打开 Photoshop 软件,选择"文件"→"新建"命令(快捷操作为 Ctrl＋N),如图 11-2 所示。

(2) 在弹出的对话框中设置文件的名称为 AE、宽度为 720 像素、高度为 576 像素、背景内容为透明,如图 11-3 所示,然后单击"确定"按钮。

(3) 选择"文字排版"工具,字体设置为"微软雅黑"、Regular(常规),如图 11-4 所示。

图 11-1　Photoshop 操作界面

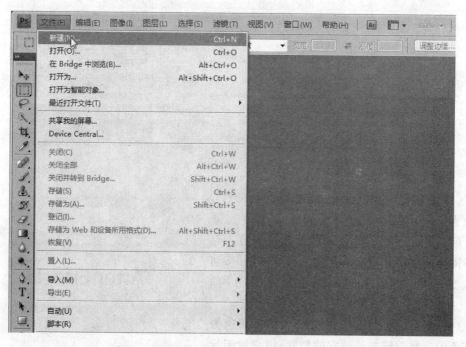

图 11-2　新建 PSD 文件

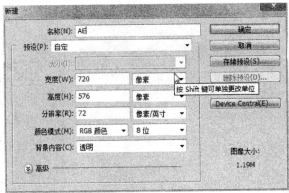

图 11-3　新建文件

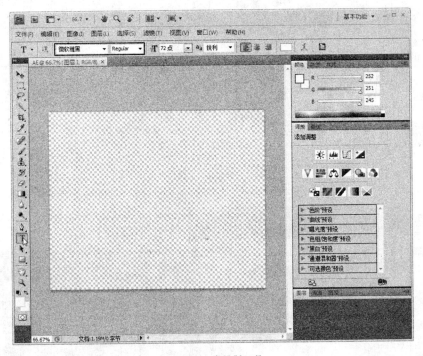

图 11-4　文字排版工具

（4）在图像区域内输入文字"After Effects"，颜色为黑色，如图 11-5 所示。

（5）新建一个图层，在新建的图层中输入与上步同样的文字并将字的颜色设置为白色；移动白色文字，使白色文字与黑色文字重合，如图 11-6 所示。

（6）按照上面的方法再建一个文字颜色为黄棕色的文字图层并移动它的位置，将它置于最上层，如图 11-7 所示。

（7）保存文件，关闭 Photoshop 软件。

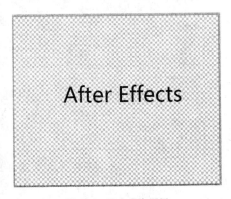

图 11-5　建立文字图层

图 11-6 创建第二个文字图层

图 11-7 创建第三个文字图层

（8）启动 After Effects，将分层图片素材以"合成"方式导入到 After Effects 中，如图 11-8 所示。

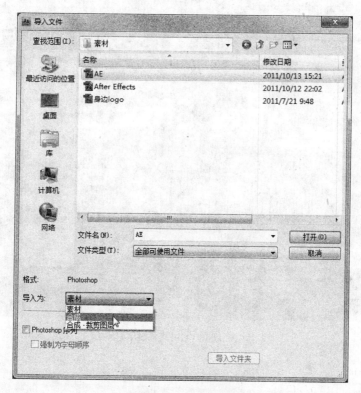

图 11-8 导入 PSD 文件

（9）导入的素材除保留其分层形式外，还自动生成包含图层的合成，如图 11-9 所示。

（10）在项目窗口中双击分层素材合成项目文件，分层素材自动排列在时间线窗口中，如图 11-10 所示。

（11）在 After Effects 中将图像合成编辑完成后，按 Ctrl＋S 组合键保存文件即可。在影视制作过程中常常利用 Photoshop 软件来制作各种素材，以透明层的形式保存，之后再导入到 After Effects 中来进行合成与特效的制作。

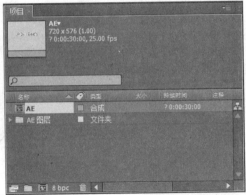

图 11-9　自动生成的合成项目

图 11-10　展开素材图层

11.2　与 Premiere 的结合使用

　　After Effects 的功能虽然非常强大,但毕竟是以特效合成为主要功能的软件,对于长的影片剪辑会显得力不从心。Premiere 与 Photoshop、After Effects 一样都是由 Adobe 公司推出的系列软件,所不同的是,Premiere 主要应用于影片素材剪辑以及制作电影或电视剧长度的影片。Premiere 提供了非常强大的剪辑功能,同时还能制作效果很好的过渡与转场。Premiere Pro CS4 的操作界面如图 11-11 所示。

图 11-11 Premiere Pro CS4 操作界面

下面通过一个实例简单介绍一下 After Effects 与 Premiere 的结合使用。

（1）启动 Premiere 软件，在弹出的对话框中，单击"新建项目"按钮，新建 Premiere 项目工程文件，如图 11-12 所示。

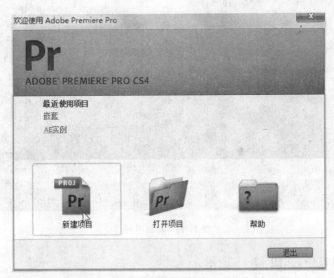

图 11-12 新建项目

（2）在"新建项目"对话框中选择项目存储路径以及设置项目名称，如图 11-13 所示。

（3）在"新建序列"对话框中，设置参数，如图 11-14 所示。

（4）在"媒体预览"面板中找到所要编辑的素材，单击选中素材，按住鼠标左键并将素

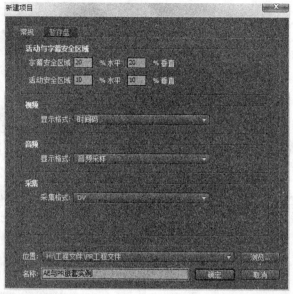

图 11-13　设置项目名称和保存路径

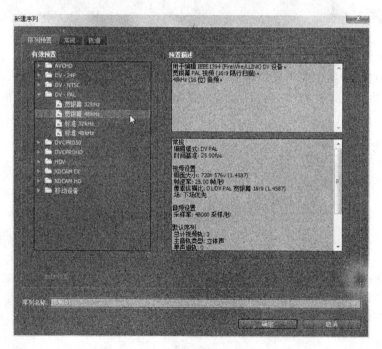

图 11-14　新建序列

材拖到时间线窗口中，如图 11-15 所示。

（5）使用"剃刀"工具在时间线窗口中对素材进行剪辑，如图 11-16 所示。

（6）素材剪辑完成后，保存项目文件，关闭 Premiere 软件。

（7）打开 After Effects，选择"文件"→"导入"→"Adobe Premiere Pro 项目"命令，如图 11-17 所示。

（8）在弹出的"导入 Adobe Premiere pro 项目"对话框中选中"AE 与 PR 嵌套实例"

图 11-15 导入素材

图 11-16 剪辑素材

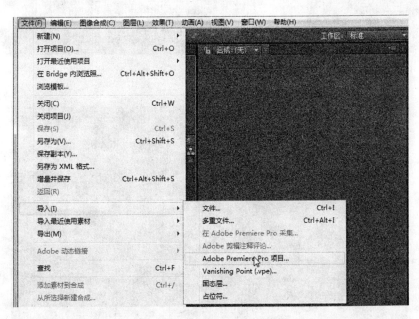

图 11-17 导入 Premiere 项目命令

文件,单击"打开"按钮即可导入,如图 11-18 所示。

　　(9)在弹出的提示对话框中单击"确定"按钮,如图 11-19 所示。Premiere 项目文件将以文件夹形式导入项目窗口中,还自动生成包含图层的合成项目,如图 11-20 所示。

　　(10)双击"序列 01"合成,"序列 01"合成的素材在时间线窗口中自动按照在 Premiere 中的排列方式分层显示,如图 11-21 所示。

图 11-18 导入 Adobe Premiere Pro 项目文件

图 11-19 提示对话框

图 11-20 项目导入

图 11-21 自动排列

（11）在 After Effects 中编辑完成后，保存项目，关闭 After Effects 软件。

11.3　与 Sony Vegas 的结合使用

11.3.1　Sony Vegas 简介

Sony Vegas 是一个专业影像编辑软件，现在被制作成为 Vegas Movie Studio，Song Vegas 是专业版的简化版本，将成为 PC 上最佳的入门级视频编辑软件。Vegas 为一整合影像编辑与声音编辑的软件，其中无限制的视轨与音轨，更是其他影音软件所没有的特性，更提供了视讯合成、进阶编码、转场特效、修剪及动画控制等功能。不论是专业人士还是个人用户，都可因其操作界面简单而轻松上手。此套视讯应用软件可说是数位影像、串流视讯、多媒体简报、广播等用户解决数位编辑之最佳方案。

Song Vegas 具备强大的后期处理功能，可以随心所欲地对视频素材进行剪辑合成、添加特效、调整颜色、编辑字幕等操作。它还带有强大的音频处理工具，可以为视频素材添加音效、录制声音、处理噪声，以及生成杜比 5.1 环绕立体声。此外，Vegas 还可以将编辑好的视频迅速输出为各种格式的影片，直接发布于网络，刻录成光盘或回录到磁带中。Vegas 提供了全面的 HDV，SD/HD-SDI 采集、剪辑、回录支持，通过 Blackmagic DeckLink 硬件板卡实现专业 SDI 采集支持；真 14-bit 模拟 4：4：4 HDTV 和 SD 监视器输出；支持 DVI/VGA/1394 外接监视器上屏；支持广播级 AAF、BWF 输入输出；提供 VST 音频插件支持等。剪辑方面提供最新媒体编辑、管理的一些全新功能特征，其中"超级帧率转换"功能提供 HDV 1080-60i 到 SD 24p MPEG-2 和 HDV 1080-60i 到 720-24p 和 1080-24p WMV HD 格式的完美转换；DVD Architect 3 支持双层 DVD-9、DLT、DDP、CMF 等工业出版级格式。它还支持 Photoshop 的 PSD 文件格式的图层，其菜单主题输出功能可以让你保留和分析更多设计风格，其智能项目文件修补功能提供更多容错设计。此外，它还支持多角度视频、多语言字幕，并支持 CSS 和 Macrovision 版权保护措施。Sony Vegas Pro10.0 操作界面如图 11-22 所示。

11.3.2　After Effects 与 Sony Vegas 结合使用的应用实例

由于 After Effects 与 Vegas 并不是由同一个公司推出的产品，所以两者的兼容性不如 After Effects 与 Premier 好，所以，当 After Effects 与 Vegas 结合使用时就需要一种两者都能通用的文件格式，而 AAF 兼容性格式就是两者沟通的桥梁。

下面用一个实例来介绍 After Effects 与 Vegas 结合使用的相关知识。

（1）启动 Vegas 软件，选择"文件"→"新建项目"命令，如图 11-23 所示。

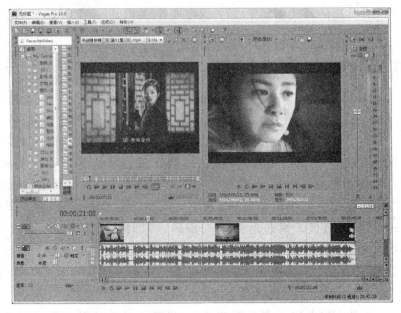

图 11-22　Vegas Pro10.0 操作界面

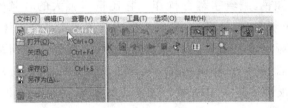

图 11-23　"新建"命令

（2）在弹出的"新建项目"对话框中设置参数,在"视频"选项卡中设置"模板"为 PAL DV(720×576,25.00 fps),选中"调整源媒体以更好地匹配项目或渲染设置"选项,修改预演文件夹路径,如图 11-24 所示。

（3）切换到"音频"选项卡,将"取样频率"设置为 48 000,"重采样与变速质量"设置为"最佳",修改录音文件夹路径,如图 11-25 所示。参数设置完成后单击 OK 按钮即可进行项目编辑。

（4）在"资源管理器"面板中找到所要编辑的素材,选中素材并拖到时间线窗口中,如图 11-26 所示。

（5）在时间线窗口中调节素材,使素材之间交叉连接,达到淡入淡出效果,如图 11-27 所示。

（6）素材编辑完成后,选择"文件"→"另

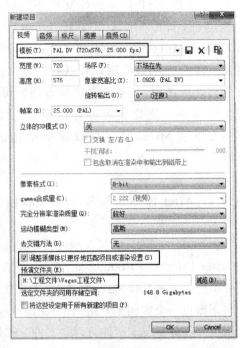

图 11-24　视频参数

图 11-25 音频参数设置

图 11-26 导入素材

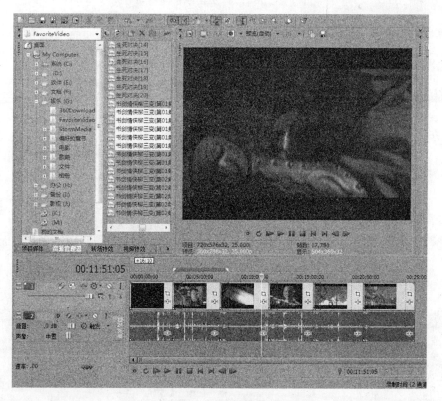

图 11-27 编辑项目

存为"命令,如图 11-28 所示。

(7) 在弹出的对话框中设置文件名称,并选择文件格式为"编辑协议兼容的 AAF 文件",如图 11-29 所示,单击 Save 按钮即可保存。

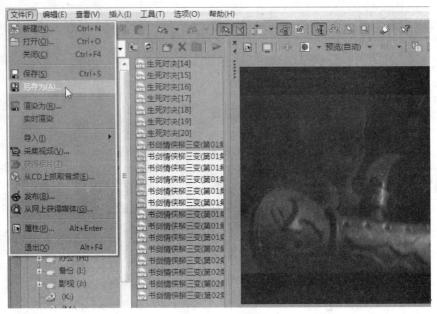

图 11-28　另存文件

图 11-29　另存为 AAF 文件

（8）打开 After Effects，选择"文件"→"导入"→"文件"命令，如图 11-30 所示。

（9）在弹出的导入文件对话框中选择"AE 与 VV 嵌套实例.aaf"文件，如图 11-31 所示。

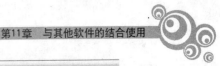

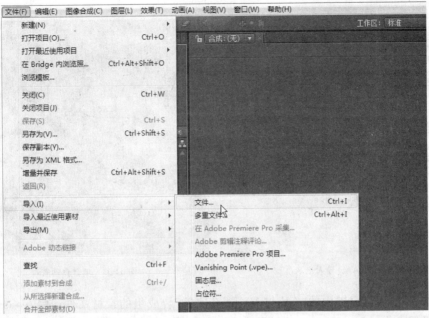

图 11-30 "导入文件"命令

图 11-31 导入 AAF 文件

（10）在弹出的"AAF 导入记录"对话框中单击"确定"按钮即可，如图 11-32 所示。

（11）导入的 AAF 文件在 After Effects 项目窗口中将合成项目文件以及素材文件，以文件夹形式显示，并可以展开该文件夹内容，如图 11-33 所示。

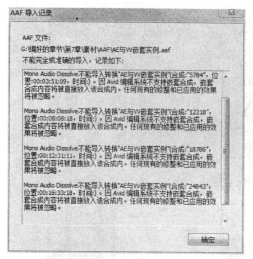

图 11-32　AAF 导入记录

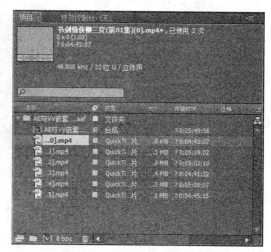

图 11-33　项目自动管理

（12）双击项目窗口中的"AE 与 VV 嵌套实例"合成组的素材文件，在 Vegas 中所编辑的层设置会在 After Effects 的时间线窗口中自动分层排列，如图 11-34 所示。

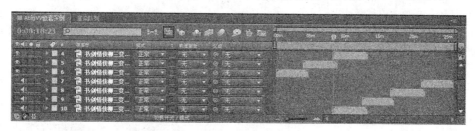

图 11-34　自动排列

（13）在 After Effects 中编辑完成后，保存项目，渲染影片，最后关闭 After Effects 软件。

（14）After Effects 系统在找不到关联素材时会以占位符类型记录素材，如图 11-35 所示。

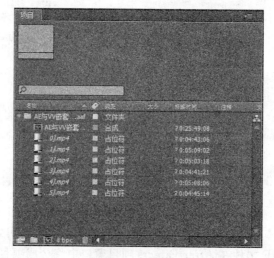

图 11-35　占位符

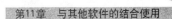

（15）选中占位符素材，单击鼠标右键，在弹出的快捷菜单中选择"替换素材"→"文件"命令，如图 11-36 所示。

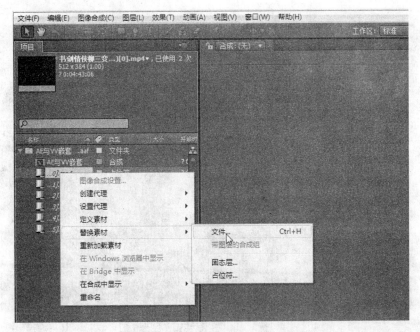

图 11-36 "替换素材"命令

（16）在弹出的对话框中选中素材，单击"打开"按钮即可，如图 11-37 所示。

图 11-37 替换素材文件

（17）原来的占位符文件就会变成 After Effects 可识别的素材，如图 11-38 所示，然后可以在 After Effects 中开始进行编辑。

图 11-38　用素材替换占位符

注意：在 Vegas 中编辑素材时，尽量不要给素材添加特效，因为 After Effects 与 Vegas 两者的特效不能很好地兼容。当然，可以为素材进行淡入淡出设置来完成转场特效处理。

AVI 格式的视频文件不能导入到 Sony Vegas 中，所以在导入素材前需要将 AVI 格式的视频转化为 MPEG 格式或者其他格式的视频文件。

11.4　与主流三维软件的结合使用

11.4.1　Maya 简介

Maya 是美国 Autodesk 公司出品的世界顶级的三维动画软件，应用于影视广告、角色动画、电影特技等领域。Maya 功能完善，工作灵活，易学易用，制作效率极高，渲染真实感极强，是电影级别的高端制作软件。Maya 2012 的操作界面如图 11-39 所示。

很多三维设计人员都使用 Maya 软件，因为它可以提供完美的 3D 建模、动画、特效和高效的渲染功能。另外 Maya 软件也被广泛的应用到了平面设计（二维设计）领域。Maya 软件的强大功能正是那些设计师、广告主、影视制片人、游戏开发者、视觉艺术设计专家、网站开发人员极为推崇的原因，Maya 软件将他们的制作标准提升到了更高的层次。

图 11-39 Maya 2012 的操作界面

Maya 主要应用的商业领域有：

（1）平面设计辅助、印刷出版、说明书。3D 图像设计技术已经进入了我们的生活。现在无论是广告主、广告商还是那些房地产项目开发商都转向使用 3D 技术来设计他们的宣传品，而使用 Maya 无疑是最好的选择，因为它是世界上使用最广泛的一款三维制作软件。如果设计师想使自己的二维设计作品从众多竞争对手中脱颖而出时，在作品中使用 Maya 的特效技术将是一个不错的选择，它将大大地增进了平面设计产品的视觉效果。同时，Maya 的强大功能可以很好地完成平面设计师的艺术设想，使很多以前不可能实现的效果，完美地、出人意料地、不受限制地表现出来。

（2）电影特技。目前 Maya 更多地应用于电影特效方面。近年来众多好莱坞大片对 Maya 的特别眷顾，可以看出 Maya 技术在电影领域的应用越来越趋于成熟。

11.4.2 After Effects 与 Maya 结合使用的应用实例

由于在 Maya 中建立模型步骤比较麻烦，这里就不详细讲解如何在 maya 中建立模型了，主要介绍一下如何将已经用 Maya 做好的模型导入到 After Effects 中。下面就通过一个实例介绍一下 After Effects 与 Maya 结合使用。

（1）打开 After Effects，选择"文件"→"导入"→"文件"命令，在弹出的"导入文件"对话框中选择在 Maya 中制作并渲染好的 IFF 格式文件,并选中"IFF 序列"选项,如图 11-40 所示。之后单击"打开"按钮导入文件。

图 11-40　导入 IFF 文件

（2）在弹出的"定义素材"对话框中设置 Alpha 通道为"直通-无蒙版",如图 11-41 所示,然后单击"确定"按钮即可。

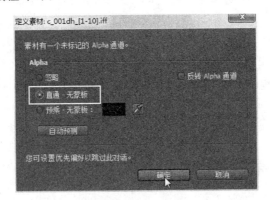

图 11-41　定义素材

（3）在项目窗口空白处单击鼠标右键,选择"新建合成组"命令,新建一个合成,命名为"合成",预置设置为 HDV/HDTV 720 25,持续时间为 10 帧,如图 11-42 所示,单击"确定"按钮即可。

（4）在时间线窗口空白处单击鼠标右键,选择"新建"→"固态层"命令,命名为"背景",颜色为"黑色",如图 11-43 所示,单击"确定"按钮即可。

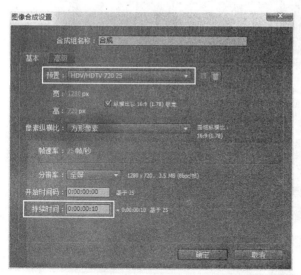

图 11-42　设置合成组

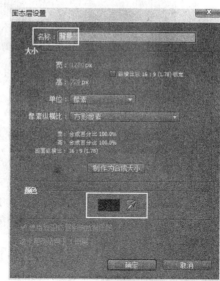

图 11-43　建立固态层

（5）选中"背景"固态层,按 F3 键,在弹出的"特效控制台"面板空白处单击鼠标右键,选择"Knoll_灯光梦工厂"→"LF 发光",如图 11-44 所示。

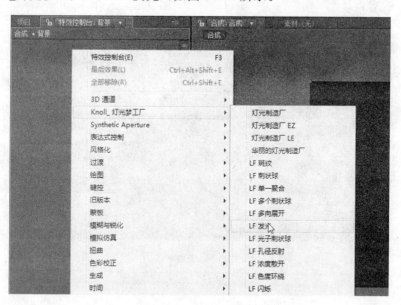

图 11-44　添加发光特效

（6）调节球形亮度为 109,球形比例为 1.33,灯光位置为 678、416,内部颜色为黄色,如图 11-45 所示。

（7）在项目窗口中选中导入的 IFF 素材文件,将其拖到时间线窗口中,调节 IFF 素材层的顺序,如图 11-46 所示。

（8）然后继续编辑项目文件,一直达到自己满意的效果为止,渲染影片。

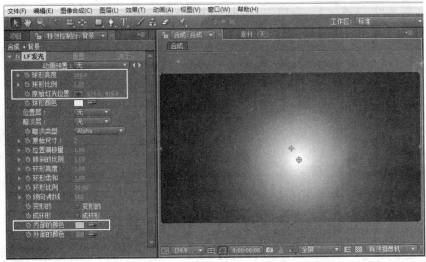

图 11-45 调节光效

图 11-46 最终效果

本章小结

本章主要介绍了 After Effects 软件与其他相关设计软件的结合使用。在影视合成过程中需要大量各种类型的素材,而这些素材的制作可以通过其他各种软件来完成,学会使用这些软件,这将大大拓展影视合成设计的空间,从而制作出更加绚丽的影视特效。

第 12 章　渲染与输出

本章主要介绍两方面的内容，一是关于渲染与输出设置的一系列问题，包括输出设置和渲染技巧等。二是关于编码解码器的一系列问题，重点包括视频编码解码器的应用和输出影片。

12.1　渲染输出设置

在制作中需要进行各种测试渲染来评价合成的优劣，然后再返工修改，直至得到满意的效果，再进行最后渲染输出。有时候还需要对一些嵌套合成层预先进行渲染，然后将渲染的影片导入到合成项目中，进行其他的合成操作，以提高 After Effects 的工作效率；而有时只需要渲染动画中的一个单帧，鉴于这些不同的渲染需要，在 After Effects 的渲染设置中提供了多种选择。

12.1.1　渲染技巧

After Effects 在渲染影片时会产生一个渲染列队，允许用户在渲染列队中指定所要渲染的对象，并且可以对每一个对象进行渲染设置。

在渲染影片时，需要在时间线窗口中选择所需要渲染的合成图像，然后选择"图像合成→制作影片"命令（如图 12-1 所示），或按快捷键 Ctrl＋M。首次渲染视频时，会弹出存储对话框，从中指定渲染文件的保存路径和文件名，关闭此对话框后会弹出如图 12-2 所示的渲染列队对话框。

渲染输出列队中显示了所渲染文件的日期、时间以及格式等信息，如图 12-3 所示。之所以称为渲染队列，是因为 After Effects 允许将多个合成项目加入到渲染任务中，按照各自的渲染设置和在队列中的上下顺序进行渲染，这样就可以事先安排好需要渲染的任务，无需时时监控影片的渲染进度。（当然这是在渲染过程中没有出现错误的情况下）。

1. 渲染设置

如果要满足影片输出的要求，则需要在影片渲染前对渲染与输出进行设置。其中最常见的有：

- "当前设置"是以当前合成图像的一切设置进行渲染；
- "最佳设置"是使用最好的质量渲染影片；

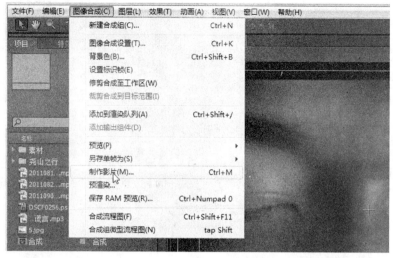

图 12-1　渲染影片

图 12-2　渲染列队

图 12-3　渲染信息

- "草稿"使用草稿质量渲染影片,常用于输出预览的影片草稿。

　　单击"渲染设置"后面的"最佳设置"(或当前设置)按钮,系统会弹出"渲染设置"对话框,在该对话框中对相关选项进行自定义设置,如图 12-4 所示。设置内容非常广泛,一般以"品质"、"分辨率"等为主。用户可以将一个自定义设置储存成模板,以便之后经常使用。

　　(1)品质:该项包含当前设置、最佳、草稿、线框图 4 个选项,如图 12-5 所示。用户可以根据实际需要来设置影片的渲染品质,以便节省时间,提高工作效率。

　　(2)分辨率:该项包含的选项与图像合成窗口中的分辨率选项相同,用户可以根据自己需要的图像质量来选择合适的分辨率,如图 12-6 所示。

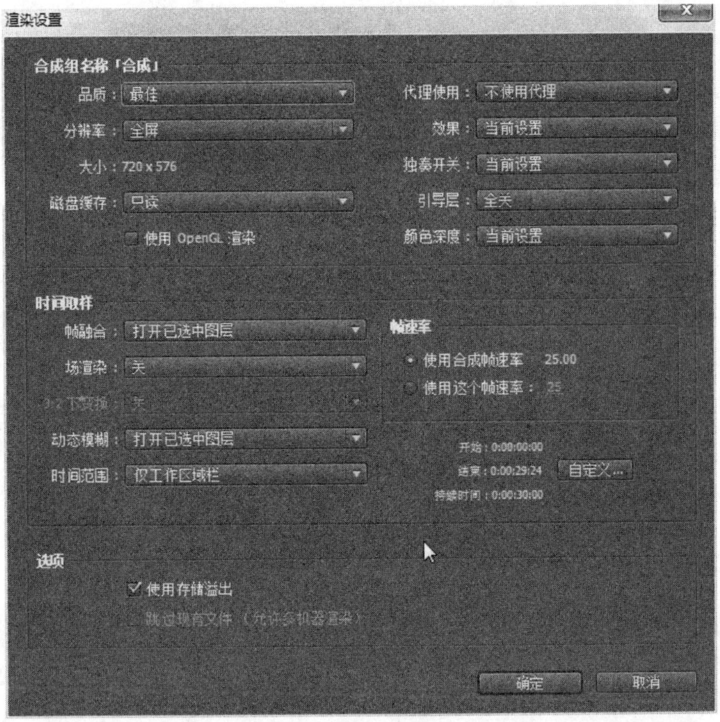

图 12-4　渲染设置窗口

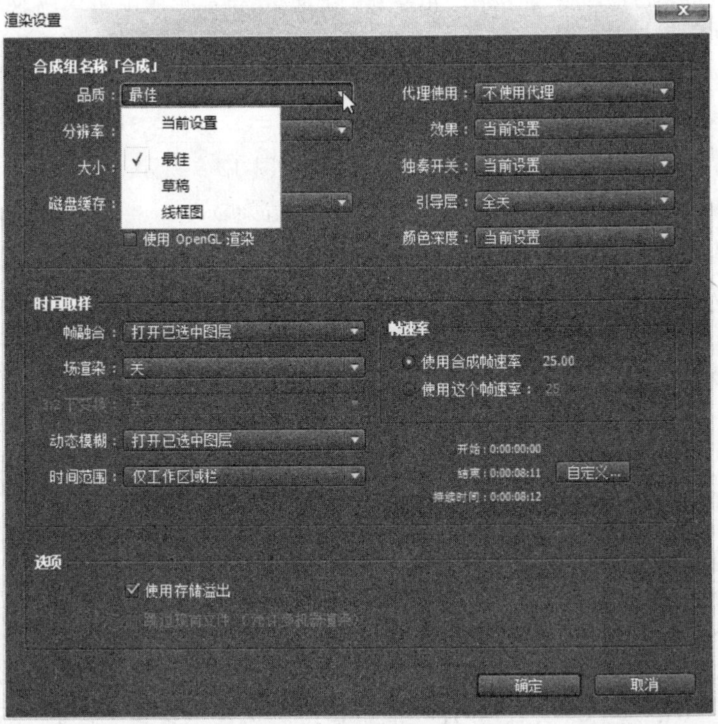

图 12-5　渲染品质

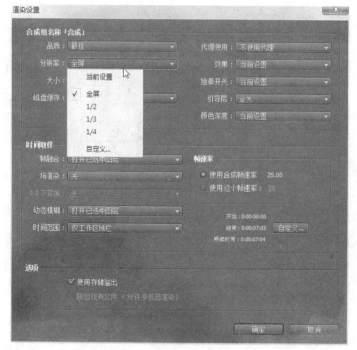

图 12-6　分辨率设置

2. 输出设置

After Effects 的输出设置包括对渲染影片的视频和音频输出格式以及压缩方式等进行设置。

单击"输出组件"后面的"无损"按钮,将弹出"输出组件设置"对话框,如图 12-7 所示。

"输出组件设置"对话框的"主要选项"选项卡中主要参数的功能如下:

(1)格式:该项包含 AVI 等多种视频格式,如图 12-8 所示。一般采用 AVI 格式进行影片的渲染,也可以根据需要采用其他格式进行渲染。

(2)渲染后操作:用户可以根据自己的需要来选择影片渲染完成后的操作,一般采用操作模式为"无"。

(3)视频输出:用户可以根据需要来设置输出的通道、深度、颜色等参数,在"格式选项"中选择视频的压缩编码器进行视频的压缩,以减小视频的大小。此项默认为选中。

(4)伸缩:选中该项可对影片的宽高像素进行自定义设置。

(5)裁剪:该项与上面的伸缩相似,不同的是伸缩是采用缩放的形式改变影片的图像像素,而裁剪是框选图像。

(6)音频输出:若 After Effects 文件中包含音频,则所渲染的影片中有声音输出,否则无音频输出。

"色彩管理"选项卡中主要参数的功能如下:

方案:色彩管理中有"保持 RGB"和"定义为线性光"两种色彩方案,如图 12-9 所示。

- 保持 RGB:选中该项后,影片在渲染输出时保留原素材文件的 RGB 色彩通道。此选项不能与"定义为线性光"方案一起使用。
- 定义为线性光:可以选择不同的模式来调整影片渲染输出的色彩,如图 12-10 所示。

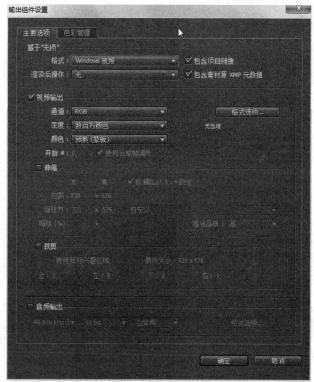

图 12-7 输出组件设置

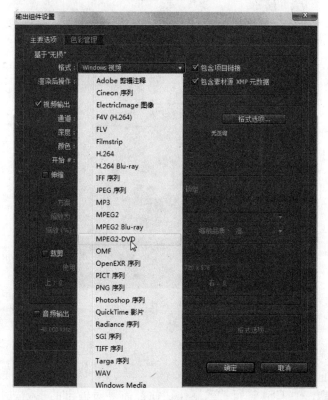

图 12-8 视频格式

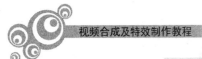

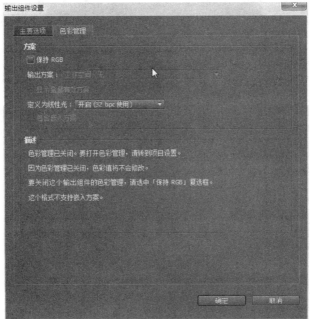

图 12-9 色彩方案

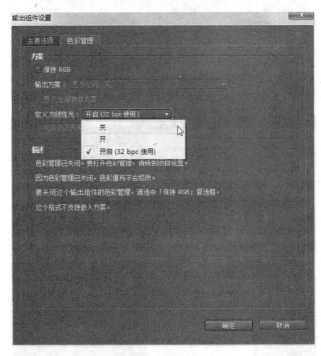

图 12-10 线性光方案

12.1.2 编码解码器

利用 After Effects CS4 进行特效制作往往都需要对输出的视频进行压缩处理以达

到减小所占硬盘空间,同时保证画面质量的清晰度,目前 Xvid 是最常用的编码解码器。

Xvid 是目前世界上最常用的开放源代码的 MPEG-4 视频编码解码器(codec),它是基于 OpenDivX 而编写的。Xvid 是由一群原 OpenDivX 义务开发者在 OpenDivX 于 2001 年 7 月停止开发后自行开发的。Xvid 支持多种编码模式、量化方式和范围控、运动侦测(Motion Search)和曲线平衡分配(Curve)等众多编码技术,对用户来说功能十分强大。Xvid 的主要竞争对手是 DivX。Xvid 是开放源代码的,而 DivX 则只有免费(不是自由)的版本和商用版本。

Xvid 文件扩展名可以是 AVI、MKV、MP4 等。需要说明的是,仅从扩展名并不能看出这个视频的编码格式。比如说一部电影是.AVI 格式的,但是实际上的视频编码格式可以是 DV Code,也可以是 XviD 或者其他的;音频编码格式可以是 PCM、AC3 或者 MP3。MP4 和 MKV 比 AVI 更先进,支持更多的功能,比如字幕,而 AVI 视频的字幕需要另外的 SRT 文件,但目前国外绝大多数的影视资源都是 AVI 格式的,因此它是比较常见且通用的一种动画视频格式。

12.1.3 渲染操作实例

下面通过一个例子来学习 After Effects 的渲染操作。

(1)在编辑好的项目文件中选择一个合成图像,按 Ctrl＋M 组合键,进入渲染设置,弹出影片输出位置对话框,如图 12-11 所示。

图 12-11　指定影片输出路径

(2)指定存储路径和名称,单击"保存"按钮,然后 After Effects 会在时间线窗口中显示"渲染列队",单击"渲染设置"后面的"最佳设置"按钮,弹出"渲染设置"对话框,"品质"选择"最佳","分辨率"选择"全屏",并选中"使用 Open GL 渲染"复选框,如图 12-12 所示,之后单击"确定"按钮。

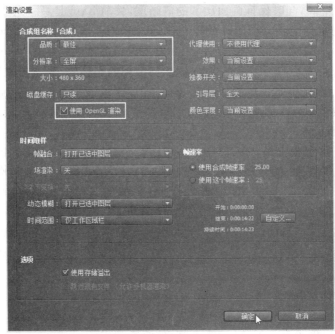

图 12-12　渲染设置

（3）在"渲染队列"窗口中单击"输出组件"后面的"无损"按钮，弹出"输出组件"对话框，单击"格式选项"按钮，弹出如图 12-13 所示对话框。"压缩编码"下拉列表中选择

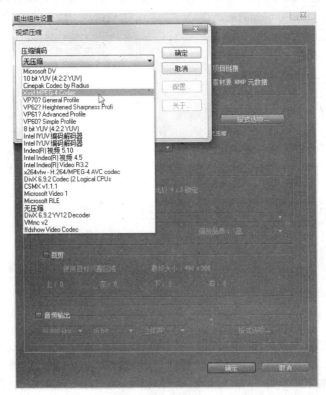

图 12-13　选择压缩选项

Xvid MPEG-4 Codec 项,然后单击"确定"按钮。

（4）在"输出组件设置"对话框中选中"音频输出"选项,采用默认设置,如图 12-14 所示,然后单击"确定"按钮。

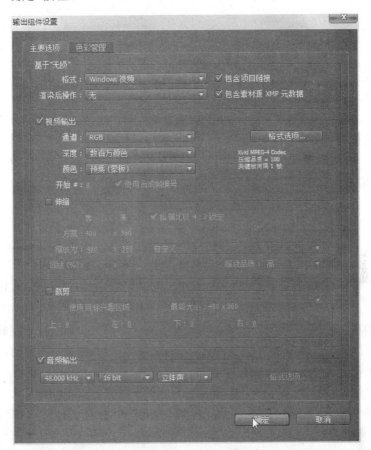

图 12-14 选中"音频输出"

（5）单击"渲染列队"窗口右边的"渲染"按钮开始渲染,如图 12-15 所示。

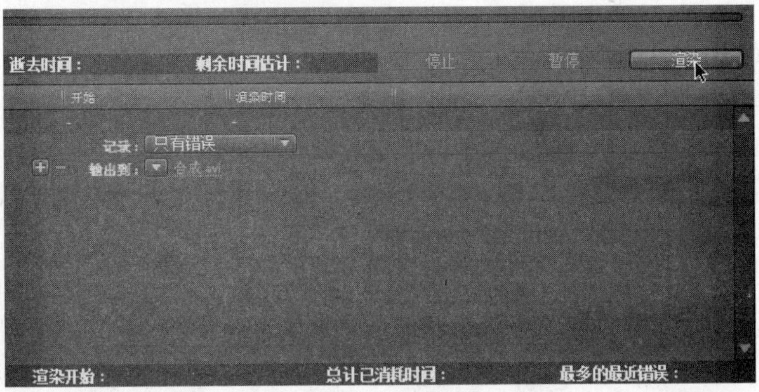

图 12-15 渲染

12.2 视音频导入、输出中的常见问题及解决方法

12.2.1 常见声音输出问题及解决方法

在渲染完成后，打开影片时可能会出现没有声音输出的情况，那是因为在进行渲染设置时没有将"音频输出"选上。解决方法如下：

（1）后期制作完成后，按 Ctrl＋M 组合键进入渲染界面，如果窗口部分文字看不到可以拖曳到合适的位置。

（2）单击"渲染队列"窗中"输出组件"右侧的小箭头按钮，并选择"自定义"。

（3）在"输出组件"对话框中选中"音频输出"，单击"确定"按钮即可。

（4）最后单击"渲染队列"窗中的"渲染"按钮。

12.2.2 常见视频导入问题及解决方法

若在导入视频后提示"没有这样的 AVI 压缩器（－2147205007）（53：33）错误"，这是什么原因引起的呢？AVI 文件是在导入到 After Effects 时出现错误的，因此可以排除 After Effects 本身的程序错误，那么问题应该出现在视频文件编码上。那么对于视频文件进行重新编码应该可以解决。将项目文件在 After Effects 中打开，并注意提示是哪一个文件存在问题。记录出错的文件名，退出 After Effects。下载 Win AVI Video Converter 解压至任意目录，并单击"注册. reg"文件进行注册，然后对出错的文件进行以下操作：

（1）打开 Win AVI Video Converter，选择"菜单"→"任意文件转 AVI"命令，选择出错文件。

（2）进行如下设置：将转换后的文件（确保文件名与原文件一致）。拷贝至原路径下覆盖原文件（建议事先备份原文件）。如有多个文件损坏，方法同上。将文件都转换完后，再次打开 After Effects 项目文件，将不再出现以上错误提示。

After Effects 软件一般情况下不能导入 MOV 格式的影片素材，要导入 MOV 格式的素材需要借助第三方软件来解决。MOV 格式影片文件导入 After Effects 有两种解决方案：一种是使用格式转换工具将 MOV 格式转换成 After Effects 所兼容的视频格式，如 AVI、WMV、MPEG 等，然后再导入到 After Effects 中；另一种解决方法是安装 QuickTime 软件。安装 QuickTime 后，After Effects 的 QuickTime 功能将可用，这时 MOV 格式的影片素材将被 After Effects 兼容。

12.2.3 常见视频输出问题及解决方法

清晰度与格式关系并不大，主要是压缩方式及压缩程度决定了画面的质量。如果输出为 AVI 格式无损压缩时，文件会比较大，因为它本身没有经过压缩输出。应用中一般会导出无压缩 MOV 格式，然后到 Premiere 中再剪辑、合声音、加字幕等。最终导出格式会根据视频用途来定,如果只是普通的视频建议导出成 WMV,它的容量相对较小而且清晰度较高。选择编码时,一般使用默认设置就可以,虽然足够清晰,但是文件会很大,要有足够的存储空间。也可以使用 Xvid 编码对视频进行压缩来渲染输出,得到的文件清晰度较高,文件较小,是非常理想的输出处理手段。

视频输出的相关问题和解答:

(1) 在输出后画面为什么有锯齿型,且过渡边缘不清晰?

答:多数是渲染设置中参数设置不正确造成的。应该在渲染设置中将场渲染下拉列表中选择"关"选项,(素材的场与输出设置不一致的情况下,也容易出现锯齿,所以设置的时候要注意二者的一致性)请参阅 After Effects 帮助说明中项目设置里面的第 6 条。再有,如果应用了好莱坞插件,输出的特效画面有些锯齿是比较正常的,因为是用软件来压缩的视频,如果用视频压缩卡(硬件)来输出,效果将大大提高,输出画面质量会很好,但视频压缩卡价格较高。

(2) 视频输出的时间太长了,有办法缩短输出时间吗?

答:Premiere 在输出视频文件时时间的确很长,要想彻底改善,可以买一块视频压缩卡来输出,大约是 1∶1 的实时输出。如果没有资金购买,可以通过以下方法解决:首先注意输出的视频文件的画面尺寸不要过大,如果是 VCD,画面尺寸保持为 352×288 就可以了,画面太大是影响输出速度的首要原因。尽量缩小输出画面的尺寸,将提高输出速度,缩短输出时间。再有,项目占用轨道也要尽量少,轨道越多,输出时间也越长。还有,如果应用了大量的滤镜设置及外部插件,也将影响输出速度。用软件输出视频文件,时间长是正常的,如果注意了以上几方面的问题,就会提高输出速度,缩短视频输出的时间了。最后告诉你一个经验,就是格式为 BMP 的静止图片在输出时是速度最快的了。还有,尽量在素材特效处理上先输出视频再替换到模板中可大量节省时间。

(3) 为什么输出 AVI 格式的视频画面质量不好,有时有马赛克出现?

答:主要的原因是因为输出时压缩编码选择不当造成的,一个好的压缩编码对视频的输出质量有很大的影响。目前常用的编码器有 Xvid 和 DivX DVD 编码器,它支持MPEG-4 的编码。一个好的编码器不光影响视频的输出质量,同时还关系到生成文件的大小和输出的速度。

(4) 怎么用 After Effects 输出高清晰视频?

答:①只要输出无损的不压缩的格式就行了,比如 TGA 序列、不压缩的 AVI、MOV等格式;②用 16 位色编辑方式,输出不要压缩就行了。(After Effects 最高也就 16位色。)

本章小结

渲染与输出是影视合成与特效制作过程中必不可少的步骤。在渲染和输出过程中初学者总是觉得无从下手,常常碰到一些问题。本章重点介绍了渲染和输出的设置及常见问题的解决方法。通过本章的学习可使大家对渲染和输出有一个基本的认识并具备解决一些简单问题的能力。

参 考 文 献

[1] 徐正坤. 影视特效制作. 北京：电子工业出版社,2009

[2] Adobe 公司. Adobe After Effects CS4 经典教程. 许伟民,袁鹏飞译. 北京：人民邮电出版社,2009

[3] 郝兵,李涛. 影视合成快手 After Effects 5.0. 北京：北京希望电子出版社,2002

[4] 高平. 轻松掌握 After Effects CS4 影视特效完美攻略. 北京：化学工业出版社,2010